물
그
림

엄
마

물 그림 엄마

한지혜 소설

민음사

차례

환생

마지막 연락을 받은 건 새벽 3시였다. 그러나 삼 남매는 아침 9시가 다 되어서야 병원에 모였다. 멀리 사는 오빠는 끊긴 대중교통 대신 이용할 차가 없었고, 나는 그 밤에 혼자 두고 나올 수 없는 아이가 있었다. 상황이 상황이니만큼 아이를 데리고 나왔어도 됐지만 임종을 보기에는 어린 나이였다. 이제 겨우 다섯 살인 아이에게 죽음을 보게 하고 싶지는 않았다. 떠날 사람보다 남아 있는 사람의 마음이 더 중요하지 않나 싶기도 했다. 그러나 나는 그 말을 입 밖에 꺼내지는 않았다. 그럴 필요도 없었다. 무엇보다도 이런 연락이 처음은 아니었다. 석 달 혹은 일주일, 간격은 조금씩 달랐지만 지난 1년 동안 엄마는 이미 여러 번 죽음에 닿았다.

첫 번째 엄마의 임종은 1년 전에 있었다. 돌이켜 보면 그때가 가장 심각했다. 집중 치료실에 누워 있던 엄마는 누가 봐도 생의 끝에 서 있었다. 아슬아슬하고 위태로운 엄마의 모습을 보며 우리는 울었는데, 그러나 엄마는 울지 않았다. 대신 땀을 뻘뻘 흘리며 버티고 또 버텨 생의 끝자락을 잡고 놓지 않더니 결국 살아났다. 꺼져 가던 호흡과 맥박이 마침내 제자리로 돌아오는 걸 보았을 때 우리는 거의 탈진 상태였다. 반면 의심할 여지 없이 분명해 보였던 마침표를 기어이 지워 낸 엄마의 얼굴은 안도나 환희라고 말하기에는 복잡한 무엇이었는데 그게 무언지 지금도 그 얼굴을 설명할 말을 찾지 못하겠다. 어쨌거나 엄마는 살아 돌아왔고, 그러는 과정에서 생을 연장하는 비결도 터득한 것 같았다.

이후의 과정은 모두 비슷했다. 죽음을 맞이할 것 같은 상황마다 엄마의 상태는 늘 달랐지만 순간순간 악착같이 버티고 이겨 낸 것만은 똑같았다. 엄마는 매 순간 죽을 뻔했고, 그러나 다시 살아났다. 꾀병이나 엄살도 아니었다. 그저 모든 순간이 기적이었다.

그러나 반복되어 익숙해지는 기적은 기적일 수 없었다. 엄마가 세 번쯤 살아나자 고비를 넘기셨습니다 하는 의사들의 목소리에 차츰 권태가 꼈다. 이건 기적입니다 라고 더 이상 누구도 말하지 않았다. 처음 한두 번은 놀라웠을 그 거듭된 회복이랄지 회생이랄지 부활이랄지

하는 상황은 자식들의 삶에도 균열을 가져왔다. 돌아가실 것 같다는 연락을 받을 때마다 생업을 두고 달려와야 했던 우리는 자신이 속한 집단 혹은 주변 이웃들에게 저마다 양치기 소년이 되어 가고 있었다.

무엇보다 괴로운 건 그런 시간들이 반복되면서 우리도 우리의 진심이 무엇인지를 알 수 없게 되었다는 것이다. 이렇게까지 간절히 엄마가 생을 놓지 않고 붙들어 줘서 고맙고 다행스러운 마음인지 아니면 우리가 차마 내색하지 못하는 어떤 간절한 기대를 배반하고 눈치도 없이 자꾸 되살아나는 엄마가 피곤하고 귀찮은 마음인지 우리도 헷갈리기 시작했다. 그리고 그런 혼란은 가장 최근이자 여섯 번째 호출에서 드디어 일종의 폭발을 불러일으켰는데, 여섯 번째 생의 마지막을 가까스로 돌려 놓은 후 엄마가 이상한 이야기를 했던 것이다. 이제 드디어 원하는 대로 환생할 수 있는 자격을 얻었다는 것이었다.

우리는 그걸 섬망이라고 생각했다. 죽음과 싸우느라 엄마는 열에 들떠 있는 상태였다. 정신이 혼미하니 그런 소리도 했겠지만 환생이라니, 해괴한 소리였다. 하지만 엄마는 진지했다. 열이 내린 후에 우리를 불러 다시 한 번 같은 말을 했다. 그러면서 이런 말도 했다.

나는 니들 중 한 명의 자식이 될 것이다.

모르긴 몰라도 그 말을 듣는 순간 누군가는 어이가

없다는 표정을 지었을 것이다. 어쩌면 못마땅한 표정을 지었을지도 모른다. 한 사람이 아니라 둘쯤 그랬을지도 모르고, 셋 다 그랬을지도 모른다. 엄마가 무슨 말을 하든 늘 평온하던 막내도 그 순간에는 입술을 꽉 깨물었다. 그럴 수밖에 없었다. 이제껏 엄마는 세상천지에 당신이 가장 불쌍하고 안된 사람이라고 생각했기 때문에 당신밖에 위할 줄 몰랐다. 우리를 키우는 동안에도 우리를 돌봐 주는 사람이 아니라 우리가 돌봐야 하는 사람이었다. 다음 세상에 다시 만나자 할 만큼 애틋한 사람이 아니라 이번 생으로도 충분히 버겁고 힘든 인연이었다, 엄마는. 그런데 환생이라니, 그것도 우리 중 누군가의 자식으로 다시 태어나겠다니. 대체 무슨 염치로? 일단 나는 그 생각이 먼저 들었다. 나만의 생각은 아니었지 싶다. 오빠는 병실을 나오자마자 문 옆에 있던 쓰레기통을 소리 나게 걷어찼다.

"또 왔다 갔니?"

작은 플라스틱 쓰레기통이 옆으로 픽 쓰러졌다. 뒤따라 나온 막내가 쓰러진 쓰레기통을 가만히 일으켜 세우며 고개를 끄덕였다.

"이번에는 누가 왔는데?"

"스님."

"엄마 환생시켜 준대?"

"무슨. 극락왕생 빌어 주고 가셨지."

12

첫 번째 생사의 고비를 넘겼을 때 엄마는 지쳐 보였지만 의식은 명료했다. 간신히 차린 기력으로 우리에게 한 가지 부탁을 했는데, 이렇게 죽으면 아무 데도 못 가고 아무것도 안 될 것 같으니 죽음의 순간이 오면 당신을 위해 뭔가 의식을 치러 줄 종교 지도자를 불러 달라고 했다. 당신을 편안하게 죽음으로 이끌어 주고, 더불어 다음 생을 기약하고 축복해 줄 수 있다면 누구라도 괜찮다고 했다. 다행히 병원에는 그런 이들을 위해 봉사하는 각종 종교 단체들이 드나들었다. 그들은 엄마의 요청을 기꺼이 받아들였으나 독점하지는 못했다. 그래서 수시로 종교 지도자가 바뀌었다. 목사님이었다가 신부님이었고. 이번에는 스님이었으니 다음에는 또 누구일까.

"무당은 찾지 않았으면 좋겠다."

"무당은 여기서 할 게 없어."

"스님은 할 게 있나. 목탁 소리도 못 냈는데."

소곤거리는 소리 이상의 종교 의식은 병원 규칙상 금지였다. 게다가 엄마가 있는 곳은 일반 병동도 아니었다. 엄마는 수시로 저승문을 들락거리는 위독한 환자였지만 기관 삽입 같은 연명 치료에 동의하지 않았기 때문에 아무리 위독한 상황에 처해도 중환자실로 가지 못했다. 그래서 엄마는 병원에 올 때마다 응급실로 갔다가 입원실을 거쳐 주로 간호사실 뒤에 있는 집중치료실에 있었다. 나아질 것도 없고 치료할 것도 없는 환자를 병원에서는 반기지 않았다. 조만간 응급실 문턱에서도 거절당할 상황이었다. 호스피스 병동은 늘 대기자로 넘쳐 났고, 요양 병원은 엄마가 기겁을 했다. 고비를 넘기는 동안에도 의식을 놓지 않은 엄마는 우리가 요양 병원 비슷한 단어만 꺼내도 당장 혀라도 깨물어 버릴 것처럼 부들부들 떨었다. 늙고 병들어 무력한 양반이니 무엇을 고집하든 우리가 우겨서 추진하자면 못 할 것은 아닌데 차마 그렇게까지는 못 하고 있었다.

"왜 자꾸 환생 타령이래?"

"개똥밭에 굴러도 이승이 좋대."

"누가?"

"엄마가."

"하. 그래서 이생에 또 온대?"

대답 대신 고개를 끄덕이며 막내가 겸연쩍게 웃었다. 나이 차가 많은 늦둥이인데도 성질 급하고 사나운 가족들 사이에서 저 혼자 유순하게 큰 아이였다. 엄마도 그런 사람이 아니었고, 오빠와 나도 그런 성품이 못 됐다. 그래서 우리 사이에서 막내는 주워 온 아이로 불렸다. 키도 혼자만 경중하게 컸고, 몸도 혼자만 얇디얇아서 어떻게 걸어도 몸이 흔들렸다. 말도 많지 않아서 엄마의 투정과 변덕을 묵묵히 받아 주는 사람은 막내뿐이었다. 생사를 넘나드는 엄마를 모시고 병원을 들락거리며 그 옆을 지킨 것도 막내였다. 그렇다면 엄마의 다음 생도

맡겨도 되지 않을까. 나는 순간 그런 생각도 했다. 그러나 차마 말로는 하지 못하는 사이 오빠가 또 물었다.

"스님은?"

"가셨지. 벌써."

"우리가 여수에를 괜히 갔다."

막내가 기껏 세운 쓰레기통을 괜히 발로 다시 툭 치며 오빠가 중얼거렸다.

엄마가 처음 환생에 대한 이야기를 꺼낸 곳이 여수였다. 그 말을 듣고 너무 놀라 우리는 모두 체했다. 점심에 사 온 물회가 신선하지 않았다, 저녁에 갔던 한정식집의 고기에서 냄새가 났다, 그날 먹은 온갖 음식에 핑계를 댔지만 사실 우리가 체한 건 '환생'이라는 말 때문이었다. 엄마가 다시 태어난다고? 아니 왜? 그런 생각들을 했던 것 같다. 물론 그때까지만 해도 엄마는 어디로 혹은 무엇으로 환생하고 싶다는 말은 하지 않았다. 그저 다시 한번 살아 보고 싶다는 말 정도였는데, 겨우 그 한마디에 우리는 왜 그렇게 놀랐는지 모르겠다. 마치 엄마가 우리 중 누군가의 자식이 되겠다고 작정하리라는 걸 예감이라도 했던 것처럼 말이다.

원래 우리가 가려고 했던 곳은 목포였다.

급체 증상이 있어 응급실에 갔던 엄마가 단순한 체기가 아닌 것 같다는 의사의 소견에 따라 응급으로 입원하고 몇 가지 검사를 거쳐 말기 암 진단을 받은 것이 1년하고도 반년쯤 더 전의 일이었다. 수술도 치료도 불가능한 상태라고 했다. 짧으면 한 달, 길면 세 달 정도의 시간이 남았다는 시한부 선고도 함께 받았다.

그 말을 듣는 순간 우리 삼 남매의 머릿속에 동시에 떠오른 단어가 '목포'였다. 엄마가 죽기 전에 꼭 가 보고 싶다고 했던 도시. 엄마가 태어나 열아홉이 될 때까지 살았다는 도시. 좋았던 일 하나 없고 징그럽기만 했는데, 그래도 한 번은 다시 가 봐야 할 것 같다는 도시가 바로 목포였다. 엄마는 틈만 나면 목포 타령이었다. 그렇다고 그곳에 대한 기억이 많은 것도 아니었다. 열아홉이나 되도록 살았다면서 나오는 레퍼토리가 유달산밖에 없었다. 그 산 아래 어디쯤에 엄마가 살던 집이 있다고 했다. 기억나는 건 유달산하고 집밖에 없다면서 그 집이 여태 있을라나 혼자 묻고, 세월이 워디라고 여태 있을라고 혼자 답하고, 가 봐도 인자는 알 만한 사람은 하나도 없을겨 혼자 체념했다가, 그래도 혹시 아능가 기대하던 곳이 목포였다. 죽기 전에는 가 볼 수 있을까 해서 죽기 전에는 한번 갑시다. 지나가는 말처럼 우리도 대답하던 곳이었다. 그러니까 우리에게 목포란 엄마가 죽기 전에나 한번 가 보면 되는 그런 곳이었다. 그 말을 다시 뒤집으면 죽기 전에는 반드시 엄마를 모시고 가야 하는 곳이기도 했다. 그러니까 엄마가 돌아가시기 전에 엄마를 위해 뭔가 해야 한다면 그건 엄마와 함께 목포에 가는 일이라는 게 우리 남매들의 암묵적 합의였다.

그런데 막상 우리가 목포에 가자고 하자 엄마는 목포? 하며 낯선 지명이라도 들은 것 같은 표정이었다. 뭐하러? 하며 시큰둥하게 되묻기까지 했다. 엄마를 위해 마지막으로 무언가 해야 한다면 그건 바로 목포에 모시고 가는 일이라고 생각했던 우리는 순간 당황했다. 우리는 의사가 엄마에게 병세에 대해 너무 가볍게 설명한 건 아닌지 원망했지만 아무리 생각해도 의사의 설명이 부족하지는 않았다. 분명 의사는 엄마에게 암이라고, 위중한 상태라고 말했다. 그것도 모자라 의사와의 면담을 마친 우리가 울어서 부은 눈과 비통한 목소리로 우리 여행이나 한번 갈까, 엄마가 그렇게 가고 싶다던 목포는 어때? 하고 물었던 것이었다. 그 정도면 당신이 얼마나 위중한지 짐작을 하고도 남았을 텐데 엄마는 그렇게까지 꼭 가고 싶었던 곳은 아니라며 심드렁하게 대답했다. 심지어 거기 뭐 볼 거나 있나 하고 말하기까지 했다. 길어야 세 달밖에 못 산다잖아요라는 말을 가까스로 삼키고 지금 아니면 앞으로 여행은 힘들 텐데라고 나름대로 돌려서 설명했는데도 엄마는 별 반응이 없었다. 시한부를 선고받은 환자들에게 온다는 현실 부정의 단계인가 하는 생각도 들었는데, 무덤덤한 표정을 보니 그런 것 같지도 않았다.

결국 오빠가 화를 내고 말았다. 그럼 어디? 어디 갈까? 아냐, 됐어. 몸도 아프고 힘든데 가기는 어딜 가. 그냥 집에서 쉽시다. 그 서슬에 놀라 움찔거리던 엄마가 느닷없이 병실 TV를 가리켰다. 그라면 저그나 가자. 전국의 여행지를 소개하는 프로그램이었다. 퍼덕이는 생선을 들고 있는 횟집 사장이 화면에 잡혔다. 자막을 보니 여수였다. 여수? 여수우? 어이없는 얼굴로 오빠가 엄마를 봤다. 여수에 맛있는 게 그렇게 많단다. 시장에 가서 맛난 것도 먹고, 갓김치도 사고, 건어물도 사고, 응?

사실 우리야 목포를 가든 여수를 가든 아무런 상관이 없었다. 우리에게 중요한 건 엄마가 세상을 떠나기 전 엄마가 원하던 장소로 가족 모두가 함께 여행을 떠나야 한다는 사실뿐이었다. 생각해 보면 이상한 일이다. 우리는 왜 그런 생각을 한 걸까. 우리 중 누구도 엄마를 그렇게까지 사랑한 사람은 없었다. 어쩌면 그건 우리 자신의 마음을 위한 숙제였을지도 모른다. 이별 앞에서 아무것도 하지 않은 건 아니라는 최소한의 위로를 스스로에게 남기기 위한 숙제. 그래서 나는 알림장을 확인하듯 엄마에게 물었다. 목포는? 목포는 진짜 안 가도 돼? 엄마가 고개를 끄덕거렸다.

장소가 정해졌으니 시간만 맞추면 됐다. 우리는 그 어느 때보다 빠른 속도로 모두의 스케줄을 조정했다. 수술도 치료도 불가능한 암이었지만 다행히 통증도 거의 없는 암이라서 여행은 가능하다고 했다. 대신 기력이 어찌 될지 모르니 여행을 계획하고 있다면 서두르는 게 좋다는 의사의 권유가 있었다. 8월 절정의 폭염에 남도로 간다는 계획의 무리함은 아무도 염두에 두지 않았다. 가을까지는 기다릴 수 없었다. 다행히 아이들이 방학이었다. 올케와 남편, 오빠의 아이들과 나의 아이도 여행에 참여했다. 일정이 촉박해서 일반석 예매가 어렵기도 했지만 엄마의 컨디션을 생각하면 특실이 좋을 것 같았다. 가족끼리 서로 다른 칸에 앉아 여행을 가는 것도 이상해서 모두 특실을 예매했는데 좌석이 생각보다 넓었다. 어린아이들은 발이 디딤대에 닿지 않는다고 가는 내내 자리 투정을 했다. 서로 앉겠다는 자리도, 같이 앉고 싶은 사람도 달라 떼를 쓰는 아이들을 혼내고 얼러 가며 좌석에 앉혔더니 출발도 전에 진이 빠졌다.

드디어 열차가 출발했다. 그런데 출발하고 나서야 알게 된 사실인데 우리가 탄 기차는 공교롭게도 여수와 목포에 모두 갈 수 있는 열차였다. 경유를 하는 건 아니었고 중간에 분리되는 노선이었다. 분리 이후 우리가 탄 앞부분은 여수로, 뒷부분 객차는 목포로 간다고 했다. 그러하니 분리되는 역에서 객차 간 이동에 주의하라는 안내 방송을 들으며 우리는 엄마에게 혹시라도 목포에 가고 싶으면 분리 전에 말씀하시라고 농담을 했다. 엄마는 눈을 흘기며 여수에 맛난 게 그렇게 많다는데 내가 목포를 뭣 하러 가느냐 했다. 별말도 아닌데 그 말에 우리는 왁자하게 웃었다. 기차가 움직이니 여행 같았다. 도시락도 먹고, 게임도 하고, 졸기도 했다.

엄마는 내내 창밖만 보며 졸다 깨다 했는데 기차가 분리되는 익산이 가까워지자 불쑥 일어났다. 그러더니 화장실에 가야겠다며 불편한 몸을 끌고 뒤쪽 통로로 이동했다. 막내가 엄마를 부축했다. 엄마의 손에 들린 가방이 눈에 들어왔다. 화장실에 가면서 가방까지 챙겨 든 모습이 혹시나 싶었다. 그렇지만 왠지 아는 척하면 안 될 것 같아 나는 그냥 자는 시늉을 했다. 익산역에서 기차는 조금 오래 정체했다. 화장실에 간 엄마도 금세 돌아오지 않았다. 움직이지 않는 기차와 돌아오지 않는 엄마 사이에서 불안하기도 하고 다행스럽기도 한 묘한 감정이 들었지만 돌아보지 않았다. 돌아보면 안 될 것 같았다.

잠시 후 드디어 열차가 움직였다. 그때까지도 엄마와 막내는 자리로 돌아오지 않았다. 나는 천천히 열을 세고 뒤를 돌아보았는데, 혼지 휘저휘적 걸어오는 막내가 보였다. 엄마는, 엄마는? 기어이 목포로 간 건가. 그래, 역시 가고 싶었던 거야. 어쩌면 조금은 예상했던 상황이 었는데, 그런데도 나는 마음과 달리 멱살이라도 잡아챌 기세로 막내에게 다가갔다. 막내가 놀란 눈으로 뒤를 가리켰다. 왜 그래, 엄마 저기 있잖아. 막내의 등 뒤로 객차 끝 문 앞에 등을 돌리고 앉아 있는 엄마가 보였다.

아니 저기서 뭐 한대?

답답하대.

답답?

응, 답답증이 올라와서 바람 쐰다고.

키가 작고 살이 쪄서 앉아 있을 때 보면 공처럼 동그란 등이었다. 순해 보이기도 하고 미련해 보이기도 하는 그런 등이었는데, 오랜만에 그 등을 보고 있자니 누군가 생각날 것 같았다. 저런 모습으로 사람들 오가는 길을 다 막고 아이고 답답하다, 답답하다 하던 사람이 있었는데, 누구였더라. 아, 생각났다. 외할머니.

전쟁으로 부모를 잃은 고아이기는 했지만 위로 아래로 다섯 남매였던 아버지와 달리 엄마는 왕래하는 일가친척이 전혀 없었다. 오빠니 사촌이니 하는 사람들과 전화를 하기도 하고 만나러 간다고 나선 적도 있지만 우리에게 소개해 준 적은 없었다. 우리 집으로 놀러 오는 사람도, 우리가 놀러 갈 사람도 없었다. 있다면 외할머니뿐이었다. 하지만 외할머니도 엄마와 사이가 좋지 않았던 데다 이미 오래전에 돌아가셨다.

외할머니는 돌아가실 즈음에 우리 집에 꽤 오래 있었다. 그때 우리는 달동네 문간방에 살았는데 좀 특이하게 지은 집이었다. 일단 대문이 특이했다. 관 뚜껑 같은 외짝 나무에 알루미늄을 덧대어 달아 놓은 문이었다.

벽에 홈을 파고 그 홈에 대문에 달린 나무 막대를 가로질러 넣는 방식으로 문을 잠갔다. 밖에서는 대문과 벽 틈에 손가락을 넣어 빗장을 열었다. 밤에는 막대를 걸쳐 놓은 고리의 틈 사이에 쇠막대를 세로로 끼워 고정하는 방식으로 문을 잠갔다. 그 대문을 열면 바로 오른쪽에 재래식 공용 화장실이 있고, 그 뒤로 물건을 쌓는 좁은 단이 있고, 그 옆으로 서너 발자국 길이의 통로가 있었는데, 지붕에 덮여 늘 어두웠다.

통로의 끝에 있는 쪽문을 열면 낮은 부엌이 나왔고, 그 부엌 안쪽에 방이 있었다. 그 방이 우리가 사는 방이었다. 그러니까 우리 방은 문간방이었고, 화장실 옆방이었고, 홀로 어두운 방이었다. 부엌과 화장실 사이에 있는 단은 우리가 썼다. 겨울이면 그곳에 연탄을 쌓았고, 여름에는 석유곤로를 놓고 밥을 했다. 외할머니는 가끔 우리가 사는 문간방에 와서 머물다 갔다. 그때마다 아빠는 집에 들어오지 못했지만 싫은 내색을 한 적은 없었다. 나한테 뭐 해 줬다고 늙어서 찾아오느냐 소리 지르고 욕하는 건 늘 엄마였다. 외할머니는 큰딸은 귀애하고 작은딸은 구박했다. 그러면서 반대로 큰사위는 사기꾼 도둑놈이라고 욕하고 작은사위는 다시없는 양반이라고 좋아했다. 어느 여름엔가 할머니는 아픈 얼굴로 찾아와서 오래오래 머물렀는데, 답답하다고 방에서 못 자고 화장실 옆, 연탄 쌓는 단에 이불을 펴고 낮이나 밤이나 오도카니 앉아 있었다. 엄마처럼 동그랗게 살진 등이었다. 엄마는 그 등에 대고 만날 욕을 퍼부었다. 가진 건 큰딸 다 퍼 주고 그지 꼴로 나한테 와서 왜 이러는 거냐, 엄마의 원망 섞인 욕을 몇 날 며칠 듣다가, 어쩌면 한 달은 듣다가 어느 날 학교에서 돌아오니 할머니가 집에 없었다. 처음에는 외삼촌 집으로 갔다가 나중에는 이모 집으로 옮겨졌다고 했다. 거기서도 할머니는 내내 아팠고, 먹지 못했고, 누워 있다가 해를 못 넘기고 세상을 떠났다.

그런데 우리는 외삼촌도 이모도 본 적이 없다. 엄마는 우리를 외할머니의 장례식에 데려가지 않았다. 아직 어리니 그런 데 가는 게 아니라며 집에 있게 했는데, 우리뿐 아니라 아버지도 못 오게 했다. 아이들만 집에 있으면 안 된다는 이유였다. 그래 놓고 엄마는 장례를 치르는 동안 집에 들어오지 않았다. 우리는 좀 서운했는데 엄마와는 사이가 나빴지만 우리에게는 다정했던 외할머니였기 때문이었다.

엄마는 일주일 후에 돌아왔다. 작은 용달차에 검은색 자개장롱과 나무로 된 서랍장을 싣고 돌아왔다. 외할머니가 쓰던 거라고 했다. 돈은 다른 형제들이 죄 훔쳐 가고 이것만 남아 있더라 하더니 문지방에 걸터앉아 울기 시작했다. 훔치지 못한 돈 때문인 줄 알았는데 이모 때문이었다. 시상에 그 싸가지 없는 년이, 이제는 연을 끊자 그래야. 엄니도 읎응게 지랑 나랑은 인자 남이라면서 다시 보지 말자 그래야 하면서 울었다. 엄마가 죽으면 형제간에 연을 끊는 건가, 어린 내 귀에도 이해 못 할 소리였고, 우는 엄마가 불쌍하기도 해서 본 적도 없는 이모에게 마음속으로 종주먹을 들이대며 욕했던 것이 이모에 대한 거의 유일한 기억이었다.

오빠는 이모를 본 적이 있다고 했다. 어땠어? 어떤 사람이야? 물었는데 대답해 주지 않았다. 그래서 정말 못 된 사람인가 보다고만 여겼다. 나중에 그때 기억이 떠올라서 그래서 이모는 아주 연락이 끊긴 것이냐, 혹시 그 이모가 목포에 사느냐 엄마에게 물었던 적이 있다. 그때 엄마는 이모는 니가 무슨 이모가 있다 그러는 거여, 혹시 누가 니 이모라고 찾아오디? 그런 사람 없응게 말도 섞지 말아야, 순 사기꾼이여, 나는 세상천지 아무도 없는 사람인게 누가 나 안다고 해도 속지 말아야 하고 펄쩍 뛰었는데, 그러고도 마음이 놓이지 않는지 혹시 이모라고 누가 찾아온 거 아니지? 나 몰래 만나고 다니는 거 아니지? 수시로 다그쳐 물었다.

여수행 열차의 끄트머리에 앉은 엄마를 보며 나는 어쩌면 엄마가 울고 있는 건지도 모른다는 생각이 들었다. 아는 척은 하지 않았다. 우리는 잠시 엄마를 혼자 있게 했다. 나는 엄마를 그 자리에 두고 내 자리로 돌아와 잠이 들었는데, 눈을 떠 보니 어느새 돌아온 엄마도 다시 까닥까닥 졸고 있었다.

8월의 여수는 더워도 너무 더웠다. 40도에 육박하는 더위가 숨골을 찌르고 들어와서 저절로 땀이 흐르는데 피할 그늘을 찾기도 어려웠다. 병약한 노인에게도, 어린 아이들에게도 위험한 날씨였다. 그렇다고 숙소에만 머무를 수도 없었다. 다행히 엑스포 공원 내에 대형 아쿠아리움이 있다고 했다. 입장료는 다소 비쌌지만 달리 대안이 없었다. 숙소에 짐을 풀자마자 우리는 마치 물고기를 보러 여수까지 온 사람들처럼 서둘러 아쿠아리움으로 이동했다.

그런데 수족관에 있는 크고 신기한 물고기들을 보며 환호하는 아이들과 달리 엄마는 몇 군데 둘러보는 둥 마는 둥 하더니 답답하다며 자꾸 밖으로 나가고 싶어 했다. 여기 말고 다른 데 가자고 보챘다. 밖은 너무 덥고 시장도 지금은 위험하다고 말했지만 듣지 않았다. 할 수 없이 막내가 엄마를 모시고 시내를 둘러보다가 적당한 시간에 숙소에 가 있기로 했다. 하지만 저녁에 예약해 둔 식당에 가기 위해 오빠가 모시러 갔을 때 막내도 엄마도 숙소에 없었다. 전화를 걸었더니 누굴 기다리는 중이라고 했다.

누구를?

어, 엄마 아는 사람.

아는 사람 누구?

몰라. 엄마가 아는 사람이 있다고 해서.

아는 사람? 여수에 엄마가 아는 사람이 있다는 이야기는 들은 적이 없었다. 막내는 전화로 설명하기가 애매한지 오빠, 내가 식당으로 모시고 갈게, 먼저들 식사해하고 끊더니 다시 받지 않았다. 두 사람이 나타난 건 식당 영업 시간이 거의 끝날 무렵이었다. 화가 난 오빠를 보고 쩔쩔매는 건 막내뿐이었다. 기다리는 사람들은 애간장이 타서 밥도 제대로 못 먹었는데 아픈 뒤로 영 입맛이 없다며 죽도 제대로 못 먹던 엄마는 맛난 게 다 식었네, 아까워라 하더니 밥 한 그릇을 남김없이 비웠다. 만났어? 눈짓으로 막내에게 묻자 막내가 고개를 가로저었다. 그럼 여태 기다린 거야? 묻는데 숟가락을 놓으며 엄마가 대신 대답했다.

법사님 한 분 만나고 왔다.

법사?

응, 오다 보니 사당 하나가 있더라.

점집에 간 거야?

기운이 예사롭지 않아서 들어갔는데 용하더라.

뭘 물어봤는데?

나는 세월 좋았으면 진즉 저세상 갔을 팔자라더라.

그렇게 말하며 엄마가 웃었다. 어이가 없었다. 개똥밭에 굴러도 이승이 좋다지만 개똥밭에 굴러야 이승인 팔자라니. 그런데도 그게 다행이라니.

그래서 좋아?

조금은 퉁명스럽게 물었더니 엄마는 또 엉뚱한 대답을 했다.

그냥 부적 하나 사 가지고 왔다.

무슨 부적?

있다, 그런 거. 뭔지는 알 거 없고.

그게 환생을 위한 부적이라는 건 그날 밤 막내에게 들었다. 엄마는 점집 법사라는 사람에게 다음 세상에는 끈 달린 연으로 태어나게 해 주세요 하고 부탁했다고 한다. 만나려던 사람은 누군데? 엄마가 잠든 사이 다시 물었으나 막내도 그것까지는 모르는 눈치였다.

그 여행 이후 생사를 넘나드는 몇 번의 고비가 있었다. 마지막 연락을 받은 건 새벽 3시였다. 오빠는 연락을 받자마자 곧 갈게 대답하고는 다시 잠들었다고 했다. 첫차 시각은 찾아보지도 않았을 것이다. 연락이 오는 건 늘 깊은 밤이거나 새벽이었고, 그때마다 그길로 터미널에 달려 나가 초조하게 첫차를 기다리던 오빠는 어느 순간부터 굳이 첫차가 아닌 그저 이른 차를 타고 올라왔다. 그리고 어린아이를 두고라도 뛰어나오던 나는 이제 깊은 새벽에 어린아이를 집에 두고 나오지 않았다.

고비가 서너 번 반복된 후부터 늘 그랬듯 아침이 되어서야 모인 우리를 보고 막내는 처음으로 한마디를 했다. 이번에는 진짜 같아. 막내의 얼굴만 봐도 그래 보였다. 긴 간병이니 늘 피로한 얼굴이지만 유난히 땀을 흘리고 있었다. 손에는 찢어진 엄마의 내의가 들려 있었다. 밤새 내의를 벗기느라 힘들었다고 했다. 엄마는 환자복 속에 늘 붉은 내의를 입고 있었다. 처음에는 추워서 그렇다 했고, 나중에는 숨이 차오르면서 땀이 흘러 내의가 다 축축하게 젖었는데도 벗지 않았다. 옷을 벗으려면 주삿줄을 빼내야 하는데 귀찮다고 했다. 다른 때 같으면 그 정도 선에서 막내도 포기하는데 어제는 그 옷이 너무 거슬렸다고 했다. 그래서 전에 없이 엄마를 설득했다고 했다. 엄마, 이거 벗자, 내가 새 거 사 줄게, 벗자. 기를 쓰고 안 벗으려던 엄마가 이거 때문에 못 벗어 하며 핑계를 대듯 팔을 들어 보였다. 여러 개의 주삿줄이 옷과 얽혀 있었다. 가위로 자르면 되지. 가위로? 그래도 된다냐? 그럼, 그래도 되지. 나중에 새 옷 사 줄게. 그랬더니 잠시 망설이던 엄마가 아이고야, 그럼 이것 좀 잘라 줘라, 덥고 축축하고, 나도 이제 그만 벗고 싶다 하며 진즉 소원이었던 것처럼 간절한 표정으로 부탁을 하더란다. 막내는 간호사의 도움 없이 혼자 가위로 내의를 자르고 벗기고 엄마 몸의 땀을 닦아 냈다고 했다. 그 일을 마치자 엄마는 비로소 개운한 듯 환하게 웃더라고 했다. 그러고는 이내 혼수에 빠졌다. 마치 그 낡은 옷이 마지막 육신이었던 것처럼 떠나기 시작한 것이었다.

우리는 엄마 옆에 나란히 앉아서 떠나는 엄마를 지켜

보고 있었다.

엄마는 누구의 자식으로 태어나고 싶어?

엄마가 처음 환생을 운운할 때 아무도 모르게 물어본 적이 있다. 엄마는 대답을 하지 않았다. 대신 나를 바라보며 야릇하게 웃었는데 비웃음 같기도 했다. 엄마가 내 자식으로는 태어나지 않았으면 좋겠다 한 속내를 들킨 것 같아 나는 엄마의 시선을 피했다.

여수에 갔던 밤 우리는 무슨 이야기 끝엔가 생의 첫 기억에 대해 이야기를 나누었다. 오빠는 네 살 때였다고 했다. 네 살 때 무슨 기억? 내가 엄마 머리끄덩이를 잡았지. 머리를 잡았다고? 응. 엄마가 나를 혼냈어. 아주 억울했거든. 그래서 나를 때리는 엄마에게 달려들어서 머리끄덩이를 잡았어. 절대 놓지 않았다고 말하는 오빠의 얼굴은 너무 단호해서 마치 지금 엄마의 머리끄덩이를 잡고 있는 사람 같았다. 그래서 어떻게 됐어? 엄마가 아주 충격을 받은 것 같더라고. 그 후로 억울하게 혼난 적은 없는 것 같아.

나는 엄마의 머리끄덩이를 잡은 적이 없다. 엄마는 한 번도 내게 잡고 싶었던 사람인 적이 없었다. 그래서 나는 환생도 없었으면 좋겠다. 영화나 드라마에서 보면 이런 순간에 보통 다음 세상에는 내 자식으로 태어나 달라거나 다시 내 엄마가 되어 달라거나 하면서 울던데 나는 엄마를 또 만날 자신이 없다. 그래서 기억을 끄집

어내는 대신 실없는 농담이나 던졌다.

"왜 남자들은 부모에게 다음 생에 자기 자식으로 태어나 달라는 말을 하지 않을까."

"글쎄. 혼외 자식으로 태어날까 봐?"

오빠가 그렇게 말했을 때 엄마의 손이 잠깐 꿈틀거렸다.

"이제 보니 막내가 아니라 오빠를 주워 온 거 아냐?"

별말도 아닌데 별말인 것처럼 셋이 동시에 웃음을 터트렸다.

동생의 첫 기억은 뜻밖에도 이모라고 했다.

"네가 이모를 봤어?"

"응."

"어디서?"

"기차역에서. 엄마가 이모한테 표를 끊어 줬어."

"어디인지 기억나?"

"그게…… 여수였던 것 같아."

"그럼 여수에서 엄마가 만나겠다던 사람이 설마 이모야?"

"그건 모르고."

그 순간 엄마의 숨이 다시 가빠지기 시작했다. 기계의 경보음도 울렸다. 간호사가 의사를 불렀다. 수치가 빠르게 떨어졌다. 엄마의 입에서 거품이 쏟아져 나오고 가누지 못하는 고개가 이리저리 흔들렸다. 어머님께 마지막 인사들 하세요. 의사가 말했다. 고비가 처음은 아니니 늘 마지막을 대비해 왔는데 마지막 인사는 한 번도 생각하지 못했다. 우리가 아무 말도 못 하고 있자 옆에 있던 간호사가 구체적으로 안내를 해 줬다. 편히 가시라고, 사랑한다고 말씀드리세요. 사랑이라니, 그 말은 더더욱 생각도 못 해 봤다. 나와 동생이 미적거리는 사이 오빠가 먼저 성큼 다가가 엄마의 귀에 입술을 가져갔다. 흔들리는 엄마를 안고 우리에게는 들리지 않는 인사를 했다. 나도 오빠를 따라 했다. 마지막으로 막내가 엄마를 안았는데, 그 순간 엄마의 고개가 막내의 품 안으로 툭 떨어졌다. 그리고 모든 기계의 신호가 멈추었다. 의사는 엄마의 눈을 살피고 맥을 살핀 뒤에 말했다. 10시 40분 사망하셨습니다. 그때까지도 엄마를 안고 있던 막내의 눈이 빨갰다. 막내는 엄마에게 인사를 했을까. 못 했을까.

안치를 위해 영안실에서 담당 직원이 올라올 거고, 그 전에 시신을 수습해야 한다며 간호사는 가족들을 다시 밖으로 내보냈다. 우리는 엄마의 임종을 기다리던 의자에 다시 나란히 앉았다. 오빠가 불쑥 말했다.

"엄마가 고아인 거 알아?"

"엄마가 무슨? 외할머니는 어쩌고, 이모는?"

"그런데 고아더라."

오빠가 결혼할 때는 본적지에서 혼인신고를 해야 했

다. 그때 처음 떼어 본 엄마의 호적 초본에 부모 미상이라고 쓰여 있었다고 했다. 왜인지 궁금했지만 한 번도 묻지 않았다고 했다.

"아마 혼외 자식이 아니었을까 싶어."

부모가 있는데 부모가 없는 삶, 형제가 있는데 형제가 없는 삶이 엄마의 삶이었던 것 같다고 오빠가 말했다.

"그래서 다음 세상에는 끈 있는 연이 되고 싶다고 했던 거야?"

그 말을 듣자 막내가 서럽게 울기 시작했다.

"어떡해, 엄마 환생 못 해."

"무슨 소리야."

막내는 그때도 가지고 있던 엄마의 붉은 내의를 우리에게 보였다. 병원에 입원할 때마다 벗지 않고 악착같이 입고 있던 그 내의 안쪽에 여수에서 샀다던 부적이 붙어 있었다. 옷을 벗기느라 가위에 함께 잘린 상태였다.

"괜찮아, 엄마도 벗고 싶어 했잖아."

막내의 등을 쓰다듬으면서 어쩐지 쓸쓸했다. 뜬금없이 환생 타령이더니 평생 아무도 없는 삶이 외로워 다음 생은 누군가 있기를 바랐던 걸까. 누구라도 엄마를 잡아 주기를 바랐던 걸까. 그러나 부적도 떨어지고, 생명도 떨어지고, 우리는 누구도 엄마의 다음 생을 맡지 않기로 했다. 그러하니 이제 엄마는 어디로 갈까. 잘은 모르겠지만 흘러는 갈 것이다, 어디로든. 기어이 몇 번을 되살아났던 것처럼. 그러다가 우리의 어떤 생을 엄마가 다시 잡을지도 모른다. 알아볼 수 있을까. 알아볼 수 없기를 바란다. 알아볼 수 없어야 처음처럼 시작하게 될 수도 있겠지. 환생은 해서 뭐 하냐, 나는 환생 안 할라고. 오빠가 말했다. 나도. 막내가 덧붙였다. 나는 둘 중 한 사람 자식으로 태어날라 그랬는데? 내가 중얼거리는 소리를 듣고 오빠와 동생이 웃었다. 나도 따라 웃었다. 어쩌면 엄마도 웃었는지 모르겠다. 영안실 직원이 도착했다며 간호사가 다시 우리를 불렀다.

그런데 오빠와 막내는 엄마의 귀에 대고 무어라 인사했을까. 나는 사랑한다고는 말하지 못했다. 그냥 이렇게만 말했을 뿐이다. '안녕, 엄마'라고.

함께 춤을 추어요

선생님, 그거 아세요? 제가 선생님 앞에서 처음으로 울었다는 거요.

전 정말 제가 다른 사람 앞에서 그렇게 다 내려놓고 울 수 있을 거라고는 상상도 못 했어요. 울음은 그저 참아야 하는 건 줄 알았거든요. 암탉이 울면 집안이 망한다고 하잖아요. 계집애 우는 소리 담장 넘어가는 것처럼 재수 없는 일이 없다고, 전 그렇게 배웠거든요. 안 그래도 저를 낳고는 되는 일이 없다는 엄마의 지청구를 내내 들으면서 컸는데 울기까지 하면 어떻게 되겠어요. 모든 불행이 정말로 저 때문에 찾아온 것 같잖아요. 그래서 저는 울음이 턱 끝까지 차올라도 꼭꼭 참았어요. 남자들이 가끔 비장한 표정으로 말하죠. 남자는 평생 세

번만 운다고. 처음 그 말을 들었을 때 전 좀 웃었어요.
당신들은 평생 세 번이나 우는구나. 세 번이나 울면서
그렇게 폼을 잡는구나. 그런 말은 왜 또 꼭 울면서 하잖
아요. 마치 이건 울음이 아니라는 듯이. 자신은 아직 세
번의 기회 중 한 번도 쓰지 않았다는 듯이, 혹은 이제
겨우 한 번의 기회를 썼다는 듯이요. 뭐, 저도 몇 번은
울어 봤어요. 예의상 울어야 하는 자리도 있는 법이니
까요. 장례식장처럼요. 살다 보면 우는 모습이라도 보여
줘야 해결되는 일이 있어요. 사람들은 우는 사람 앞에서
는 관대해지거든요. 물론 아무 때나 울어 대는 건 곤란
하겠지만요.

하지만 진심으로 울어 본 적은 없었어요. 사람들 앞
에서는 물론이고 저 혼자 있을 때조차도요. 처음에는
울면 안 되는 줄 알았고, 그러다 보니 차츰 우는 법을 잊
었다고나 할까요. 그래서 선생님 앞에서 울었을 때, 그
것도 그냥 운 게 아니라 뭐랄까요. 내 속 바닥에 있는 찌
꺼기까지 다 토해 냈다고 할까요. 하여튼 그렇게 울게
되었을 때 저는 우는 내내 이게 뭔가 싶어 놀랍고 무섭
고 그랬어요. 그런 식으로는 한 번도 울어 보지 못했거
든요. 이렇게 울어도 되나, 이러다가 정말로 재수 없는
일이 생기면 어쩌지 그런 걱정이 들기도 했고요. 그런
생각을 하면서 한편으로는 신기했어요. 사람 몸속에 그
토록 많은 눈물이 있다는 사실이요. 울음이, 그렇게나

많이 제 속에 있는 줄 전혀 몰랐거든요. 그 많은 눈물을 쏟아 내지도 못하고 살았다니 무거워서 어떻게 살았나 몰라요.

화병이란 게 그런 건가 봐요. 먹어도 답답하고 안 먹어도 답답하고, 가슴에 돌덩이 얹은 것처럼 무겁더니 그게 다 울음이었나 봐요. 한참을 목 놓아 울고 난 다음에 느꼈던 그 가볍고 개운한 마음을 어떻게 설명해야 할지 모르겠어요. 그날 제가 자리에서 일어나며 휘청거렸던 건 어지러워서라고 말씀드렸지만, 사실 약간 현기증이 일기도 했지만, 그보다는 훌쩍 가벼워진 제 무게 때문에 잠시 균형을 잃었던 거였어요. 내 몸이 이토록 가벼웠나 싶을 정도였어요. 바닥에 발이 닿은 것 같지 않아 걸음을 내딛기가 조심스럽더라고요.

탁자에 손을 딛고 조심스럽게 몸을 세웠죠. 창밖은 봄이더군요. 이제 막 피기 시작한 꽃망울들과 자전거를 타고 달리는 사람들이 보였어요. 늘 닿을 수 없는, 나와는 상관없을 것 같은 풍경이었는데, 이제 나도 저 속으로 들어갈 수 있을 것 같다, 하는 마음이 들었죠. 제가 느닷없이 웃어서 선생님이 좀 당황하셨죠. 그러셨을 거예요. 그런데 좋아서 그랬어요. 너무 좋아서. 선생님을 만나지 못했다면 저는 여태도 그 많은 울음을, 그 울음에 더 많은 울음을 쌓아 놓고 살고 있었겠죠. 선생님께 어떻게 감사드려야 할지 모르겠어요.

제가 원래는 선생님 안티였던 거, 알고 계시죠?

선생님이 출연하시던 심리 상담 프로그램 있잖아요. 그 시청자 게시판에 날마다 글을 올리는 아이디 '괜찮아', 그 아이디의 주인이 바로 저였어요. 네, 맞아요. 괜찮은 글은 하나도 올리지 않았던 '괜찮아'죠. 하하. 문득 그게 제가 살아온 시간하고도 비슷하다는 생각이 드네요. 끝없이 괜찮다고 괜찮아질 거라고 말했지만 한 번도 괜찮은 적 없던, 평생 그런 날들뿐이었어요. 그러다 보니 매사에 무기력하고 의지도 없고, 그런 제가 유일하게 열심히 적극적으로 했던 일이 바로 선생님에 대한 안티 활동이었던 거죠. 대체 왜 그랬을까요. 지금도 이유를 모르겠어요. 그냥 선생님이 그렇게 싫더라고요. 예쁜 것도 싫고, 단정한 것도 싫고, 우아하고 고급스러운 모습도 다 싫었어요. 방송에서 보는 선생님은 힘든 일 따위 겪어 본 적 없는 사람 같았죠. 동화책 속에나 있는 줄 알았던 공주님을 현실에서 만난 기분이었다고나 할까요. 그럴 리 없잖아, 그런 사람이 실제로 존재할 수 없잖아 싶으면서도 부럽더라고요. 얼마나 부러웠는데요.

어렸을 때 제 꿈이 공주가 되는 거였어요. 평생을 곱게 살다가 멋진 왕자를 만나는 그런 삶. 유치하죠? 어린애들이 흔히 꾸는 꿈이기는 하죠. 왕자 될래, 공주 될래 하는 거요. 인형 놀이 하고 동화책 보던 나이에나 잠깐 그러다 마는 건데, 이상하죠, 그게 말도 안 되는 비현실적인 꿈이라는 걸 알게 된 순간 오히려 간절해지는 거예요. 아마 어려서부터 알았던 것 같아요. 어떤 꿈을 꾸어도, 그러니까 다른 사람에게는 평범하고 현실적인 꿈조차도 제게는 현실이 될 수 없다는 걸요. 그래서 그렇게 말도 안 되는 꿈을 꾸고 있었겠죠. 이루어질 리 없으니 실패해도 서운하지 않잖아요.

그런데 웬걸요. 그런 건 누구도 이룰 수 없는 꿈인 거다 그렇게 내가 나를 위로하면서 살았는데 선생님이 나타난 거예요. 마치 저를 비웃는 것처럼요. 얼굴이 화끈거리더라고요. 모욕당한 느낌이었죠. 선생님이 얼마나 미웠는지 몰라요. 개천에서 용 난다는 말, 참 허무해요. 이제는 그런 일이 없죠. 잘사는 애들이 얼굴도 예쁘고, 공부도 잘하고, 성격도 좋더라고요. 선생님처럼요. 선생님은 정말 모든 걸 다 가진 사람이에요.

하지만 꼭 그것 때문에 선생님을 미워한 건 아니에요. 제가 싫어했던 건 선생님의 상담 내용이었죠. 프로그램 성격이 그랬기 때문이겠지만 선생님이 만나는 사람들은 하나같이 불행했어요. 가족에게 버림받고, 사회에서 소외된 사람들이었죠. 가난하고, 병들고, 가족이 없거나 혹 있더라도 차라리 없느니만 못한 사람들이었죠. 술 먹고 때리고 욕하고 이용하고 착취하는 그런 가족들. 게다가 대부분은 백수예요. 어쩌다 일을 하는 사람들도 있었지만 번듯한 직장을 다니는 사람은 없었어요. 폐지를 줍거나 새벽의 건물을 청소하거나 식당에서 설거지를 했죠. 용케 꼴을 갖춘 회사에 다니는 사람들은 비정규직이거나 무시와 냉대가 몸에 익은 그런 사람들이었어요. 어떤 종류의 삶이든 선생님은 한 번도 경험해 보지 못했을 그런 삶이어요. 선생님은 절대 모르겠지만 저는 너무나 잘 아는 그런 종류의 삶이죠. 제가 그렇게 살아왔고, 제 이웃이 그렇게 살고 있고, 지금도 저는 그 삶 속에 있으니까요.

그런 사람들에게 선생님이 건네는 위로는 정말 따뜻하고 안온하더라고요. 간단하기까지 했죠. 저는 그런 조언이 너무 무서웠어요. 그건 마치 늪에 빠져 버둥거리는 사람에게 늪은 구경도 해 본 적 없는 사람이 도와준답시고 참견하며 내미는 낚싯줄처럼 느껴졌거든요. 그 늪은 지금 온도가 몇 도이고 수분은 몇 퍼센트이며 늪에서 살 수 있는 생물은 지구상에 총 몇 종류인지, 동시에 오른쪽으로 혹은 왼쪽으로 발버둥을 한 번씩 칠 때마다 얼마나 가라앉을 것인지 계산해 주면서 그러니 이 줄을 잡아 봐라 뭐 그렇게 말하는 것 같았거든요.

그런데 어이없게도 사람들은 그 줄을 잡아요. 그리고 거짓말처럼, 마치 그때까지의 역경과 고난과 상처가 하룻밤의 꿈이었던 것처럼 말간 얼굴로 깨어나죠. 한마디로 기적이에요. TV를 보던 사람들이 선생님께 박수를 보내요. 세상에 말이 되나요. 평생을 극복하지 못했던 상처가, 여전히 남아 있는 가난이 고작 한두 주간의 상담과 치료와 위로만으로 극복된다는 게요. 몸은 여전히 늪에 있는데도요. 저는 못 믿겠는데 사람들은 선생님을 믿어요. 선생님은 행복의 전도사고 마음의 치료사죠. 저는 아무래도 그런 능력을 못 믿겠어요. 게다가 방송이라는 게 그렇잖아요. 선생님이 마법처럼 희망을, 생명줄을 던져 주는 것 같지만 가만히 보면 그 줄도 직접 잡고 있는 게 아니죠. 조금만 주의 깊게 보면 알 수 있어요. 선생님은 잡는 시늉만 하고, 실제로 당기는 건 그 뒤에 서 있는 방송이라는 거대한 그림자라는 것을요. 솔루션이라니요. 삶이 무슨 매뉴얼이 정해져 있는 프로그램인가요.

방송국에서 전화가 걸려왔을 때 좀 놀랐어요. 드디어 고소를 하려나 보다 생각했죠.

제가 워낙 유명한 선생님 안티였잖아요. 안티 카페도 운영했으니까. 방송 관련 커뮤니티에 글을 올리고, 육아 정보를 교환하는 카페에서 활동하고, SNS도 했죠. 인플루언서나 뭐 그런 건 아니었지만요. 선생님이 강의하는 곳이면 학교는 물론 문화센터나 각종 기관 단체, 심지어 재능 기부를 하는 곳에도 빠짐없이 저의 비판 글이 올라갔어요. 선생님이 움직이는 곳이면 어느 한 곳도 놓치지 않으려고 제가 얼마나 노력했는지 놀라요. 공부를 그렇게 했으면 아마 박사를 따도 여러 개 땄을걸요. 그리고 보면 사람의 노력은 참 의미 없는 곳으로 가닿기가 쉬워요.

선생님을 미워했던 건 아니에요. 부러웠죠. 아까 말씀드렸잖아요. 너무 부러웠다고. 물론 처음에는 미웠지만요. 아니다, 아니, 모르겠어요. 미움이 먼저인지 부러움이 먼저인지. 분명한 건 선생님은 저와 차원이 다른 사람이라는 생각? 다음 세상이라는 게 있고, 그래서 다시 태어날 수 있다면 선생님 같은 삶을 살고 싶다는 생각을 참 많이 했어요. 그래서 더 저는 선생님이 용납되지 않았어요. 내 삶에 대해 모르면서 왜 자꾸 내 삶에 대해 말하는 걸까. 우리 같은 사람이 얼마나 힘들고 괴로운지 뭘 안다고 사람들이 털어놓는 문제마다 그렇게 쉽고 간단한 해결책을 내놓는 걸까. 선생님의 말씀을, 주장을 인정할 수가 없었어요. 그걸 인정해 버리면 제 삶은, 제 어려움은 너무 사소한 것이 되어 버리니까요. 조금만 노력하면 개선될 문제를 끌어안고 사는 저란 사람이 너무 한심해지니까요.

만약 선생님이 선생님에 대해서, 선생님과 비슷한 삶에 대해서, 그러니까 금수저, 아니 최소한 은수저라도 입에 물고 태어난 사람들의 삶에 대해 말했다면 저는 아마 선생님이라는 존재를 모르고 지나쳤을 수도 있어요. 그건 제가 모르는 이야기니까요. 저는 제가 모르는 세계는 절대 넘보지 않거든요. 그리고 다른 사람이 그러는 것도 싫어요. 선생님에 대해서도 마찬가지였어요. 제가 모르는 세계에 대해 제가 관심 갖지 않듯이 선생님도 우리 같은 사람들에 대한 관심을 딱 끊고 선생님의 세계로 돌아가기를 바랐어요. 고소를 당한다면 오히려 좋은 기회라고 생각했어요. 선생님은 유명하니까 분명히 고소 고발 같은 사건에 휘말리면 신문이나 잡지가 가만 내버려 두지 않겠죠. 그렇다면 저는 신문이나 잡지를 통해 선생님에 대한 제 생각과 분노를 전할 기회를 얻을 수 있는 거죠. 그런 경우가 아니라면 누가 저 같은 사람의 목소리에 귀를 기울이겠어요.

그런데 뜻밖에도 방송국에서 출연 요청을 하더라고요. 의아했어요. 저는 방송국에 사연 따위 보낸 적 없는데 말이에요. 역시, 하는 마음이 들더군요. 선생님이 참여하는 '치유의 심리학'이라는 프로그램이 겉으로는 사연 신청을 받으면서 실제로는 자기들 입맛에 맞는 사람을 섭외해서 적당히 내용을 각색하고 연출하는 거라고 생각해 왔거든요. 제 생각이 맞았던 거죠.

전화를 걸었던 사람, PD라고 하더군요, 에게 딱 부러지게 말했죠.

"그렇게 짜고 찍는 드라마에 참여할 수 없어요."

그가 말하더군요.

"왜 각본이라고 생각하시는 겁니까."

"평생을 마음에 품고 산 갈등이 카메라 한 대 돌아간 다고 그렇게 쉽게 허물어진다는 걸 제가 믿을 거라고 생각하세요?"

그러면서 선생님에 대한 욕도 했어요.

"평생 엄마 치맛자락에서 사탕이나 먹었을 것 같은 얼굴로 인생의 쓴맛을 이기는 법을 조언하다니요. 웃기지 않으세요?"

그 사람은 제 말을 어느 정도 인정한다는 듯 조금 웃더군요. 뜻밖에도 따뜻하고 맑은 웃음이었어요. 짧은 웃음 끝에 그가 말했어요.

"그런데 말입니다. 인생의 계기라는 건 아주 사소한 겁니다."

무슨 뜻인지 몰라 가만히 듣고 있었죠.

"우리가 거창하게 생각하는 문제들이 사실은 고작 카메라 한 대가 없어서 생기는 문제일 수도 있습니다. 카메라가 불편하다면 시선이라고 해 두죠."

"내 꼴 누가 볼까 두려운 사람들만 나오던데, 그 꼴 누가 봐 주지 않아서 그렇다는 말은 이해할 수가 없는데요."

"생각해 보세요. 어떤 싸움이든 그 싸움을 해결하는 건 지나가던 제삼자입니다. 양쪽과 다 아무런 관련이 없는 존재들이죠. 카메라는 그런 기능을 합니다. 직접 마음을 호소하기 어려운 분들에게 매개체가 되어 주는 거지요. 저희가 제시하는 솔루션이라는 게 간단해 보이지만, 실은 간단하기도 합니다. 제삼자나 다름없는 카메라를 통해 본인들도 비로소 그 시선으로 자신들을 바라보게 하는 거죠. 카메라는 아주 소소한 역할을 할 뿐입니다. 그런데 바로 그 소소한 매개체가 없어서 갈등을 풀지 못하는 사람들이 의외로 많습니다. 저희는 그런 분들에게 기회를 드리는 겁니다. 그렇지만 저희가 알려 드리는 해결책이 모두에게 통할 수 없다는 '괜찮아'님의 의견에 저도 깊이 공감합니다."

"네, 저는 바로 그 통하지 않는 예외의 사람입니다. 저는 방송도, 그 심리학 박사도 믿지 않으니까요."

"그렇지만 신주영 박사님께 하고 싶은 말씀이 많지 않으십니까?"

그건 사실이었어요. 저는 말문이 막혔죠. 뭔가 코너에 몰리는 기분이었어요. 그래서 조금 사납게 대꾸했죠.

"방송에서 제가 하고 싶은 말을 마음껏 할 수 있게 해 주시기라도 하겠다는 건가요?"

PD가, 그의 낮은 음색은 묘한 설득력이 있었어요, 차분한 목소리로 말했어요.

"저희 프로그램에 사연을 보내는 분들은 공통적으로 두 가지 태도를 가지고 있습니다. 내 마음을 알아 달라는 간절한 호소와 내 마음을 네가 알 수 있을 것 같아? 하는 의심. 그 두 가지를 다 가지고 있는 분만이 저희 프로그램에 적합하기도 합니다. '괜찮아' 님의 마음도 그렇지 않나요? 저는 게시판의 글과 전화 목소리만으로도 충분히 느껴지던데, 제가 오해했나요?"

오해, 라는 말을 하면서 그 목소리가 미세하게 떨렸어요. 누군가의 거절에 쉽게 상처받는 사람만이 가지고 있는, 그걸 아는 사람만이 감지할 수 있는 그런 떨림이었죠. 그걸 느낀 이상 거절할 수가 없었어요. 그의 요청을 받아들일 수밖에 없었죠.

제가 출연한 프로그램은, 물론 선생님도 함께하셨으니까 잘 아시겠지만, 일종의 특집이었어요. 흥미로운 기획이었죠. 안티 키보드 워리어와 스타가 만나 서로에 대한 이해와 오해를 나누는 구성이었어요. 이전 방송분처럼 선생님이 출연자를 상담하고 치료를 위한 솔루션을 받는 것이 아니라 선생님과 제가 동등한 위치에 서서(세상에나 제가 선생님과 같은 위치라니요. 옷을 바꿔 입은 왕자와 거지도 아닌데 말이에요.) 함께 상담을 하고, 치료를 받고, 서로를 이해해 가는 과정을 다루기로 했지요. PD가 직접 낸 아이디어라고 했던가요. 전화 통화를 하면서 이미 느꼈던 점이지만 정말 영민한 사람이에요. 전화로 상상했던 것처럼 마르고 가냘픈 사람이 아니라 곰처럼 큰 몸집에 아무 때나 허허실실 웃는 사람이라는 점이 좀 뜻밖이었지만 말이에요. 외모라는 건 편견의 일부니까요.

선생님과 저의 만남은 꽤 화제가 됐어요. 세상 사람

들은, 제 이웃조차도 제가 누군지 뭐 하는 사람인지 몰랐지만, 신주영 박사의 안티 '괜찮아'는 연예 방송 가십난에 종종 오르내리는 제법 알려진 이름이었으니까요. 안티와 스타의 맞대면이라고 기사도 많이 실렸어요.

그렇게 저는 선생님을 만났어요.

선생님의 집에도 초대받았죠. 의외로 소박했고, 상상했던 것 이상으로 지적인 집이었어요. 그렇지만 누구보다 그 집에서 빛나던 존재는 선생님의 아이였어요. 인형처럼 예쁘고, 어린데도 친절과 예의가 몸에 밴 반듯한 아이더군요. 이름이 외자인 사람은 처음 만났어요. 진이라니, 왜 그 순간 진선미 할 때 진이 떠올랐는지 몰라요. 제가 아이에게 농담을 했어요. 이런, 태어날 때부터 미스코리아였던 게로구나, 말을 건네자 까르르 웃었죠. 미스코리아가 무슨 뜻인지 전혀 모를 나이일 텐데도 마치 다 알아들은 아이처럼요. 하기는 그래서 진이 좋았어요. 늘 웃었거든요. 무슨 말을 해도, 농담이든 아니든 웃는 얼굴을 보여 줬어요. 작게 웃으면 볼우물이 파이고 크게 웃으면 입이 벌어졌는데 작은 방울처럼 흔들리는 목젖이 보일 정도였어요. 한눈에 반했다는 말 이상의 표현이 있었으면 좋겠어요. 그게 진을 만났을 때 저의 감정이니까요. 저희 아이도 함께 만났다면 얼마나 좋았을까. 나이도 같으니 틀림없이 좋은 친구가 되었을 텐데. 하지만 그럴 수 없었어요. 제 아이는 너무 어려요. 진이의 상대가 되기에는 어림도 없죠. 하.

…… 잠시만요.

아니요. 잠시만.

좀, 울컥해서.

흠흠. 됐어요. 이제 괜찮아요.

제가 어디까지 말했죠. 아이, 아, 그래요. 아이. 제 아이. 제 아이는 어려요. 진이와는 전혀 다른 아이죠. 그날 선생님과 나누었던 많은 대화를 아주 생생하게 기억해요. 그 말을 어른처럼 차분하게 듣고 있던 진이의 눈빛도 분명하게 떠오르고요. 만약 다른 자리에서 만났다면 무척 당황했을 그런 눈빛이었어요. 아이이면서 동시에 아이가 아닌 그런 눈이었죠.

선생님이 제게 해 주셨던 이야기 가운데 가장 좋았던 이야기가 뭔지 아세요? 어른이 되기 위해서는 먼저 아이가 되어야 한다는 말이었어요. 알아요. 선생님, 그게 어리광을 부리라는 말이 아니라는 거. 그런데 선생님, 저는요, 한 번도 아이였던 적이 없어요. 태어날 때부터 어른이었던 것 같아요. 『양철북』에 나오는 소년처럼요. 선생님을 만나고서야 비로소 제가 건너뛰었던 아이의 시간에 대해 알게 된 거죠. 따뜻한 양육과 완벽한 보호. 그 속에서 피어나는 아이다움, 철딱서니 없는, 그래서 누구를 의심할 줄도 모르는 그런 아이의 시간이요.

잃어버린 줄도 몰랐던 시간을 선생님을 통해 비로소 깨닫게 되었죠. 그 시간을 온전히 살아 내지 못해 그동안 힘들었다는 사실도요. 그래서 전 다시 살아 보기로 마음먹었던 거예요. 뭐랄까. 다시 태어났다고나 할까요. 아 참, 이런 진부한 표현은 쓰면 안 된다고 했죠. 그런데 달리 생각나는 말이 없네요.

알아요. 그 말을 선생님이 저에게만 하신 건 아니에요. 방송에서도 종종 말씀하셨죠. 모든 상처는 자기 안의 어린아이 때문에 생겨나는 거라고요. 세 살 감정이 여든 가는 법이라고. 자기가 어려서 받은 상처, 그 상처로 인해 성장하지 못한 자아 때문에 늘 마음이 아프고, 다른 사람과도 제대로 된 관계를 맺지 못하는 거라고요. 내 안의 아이를 정확히 바라보고 잘 보듬어 줄 때 우리가 내면적으로도 성장하는 거라고요. 방송 때마다 선생님이 빼놓지 않고 하는 말씀이었어요. 그때는 말장난이라고 생각했어요. 부끄럽고 죄송하지만 들을 때마다 혼자 욕한 적도 많아요. 그런데 진이를 보고 있자니 그 말이 무슨 의미인지 이해가 되기 시작했어요.

그날 선생님의 집에서 진행했던 상담 시간에 선생님은 진이를 굳이 밖으로 내보내지 않았어요. 저는 그게 좀 의아하기는 했지만 어떤 뜻이 있겠거니 생각하고 이유를 묻지 않았어요. 사실 진이가 있는 게 좋았어요. 진이는 어린아이인데도 사람을 편안하게 해 줘요. 그 아이 옆에서는 어떤 말을 꺼내도 부끄러울 것 같지 않았어요. 진이가 있는 자리에서 선생님은 제게 기억나는 가장 오래된 상처가 무엇인지 물었어요. 금세 떠오르지 않아서 선생님과 저는 그 전날부터 하나씩 기억을 더듬었죠. 전날 가시에 찔렸던 일부터 시작해서 남편이 다른 여자를 만나는 모습을 지켜보던 일, 학교 뒷골목에서 못된 선배나 불량배들에게 돈을 뺏기던 일 혹은 부끄럽지만 제가 다른 친구나 후배에게 돈을 뺏던 일, 별거 아닌 일로 꾸중을 듣고 쫓겨나 컴컴한 대문 밖에 하염없이 서 있던 일. 늦가을이었는데 반팔을 입고 있던 기억이 나요. 춥고 무서워서 온몸에 소름이 돋았었죠.

그러다 문득 그 일이 생각났어요. 엄마가 울던 날의 일.

마당을 둘러 선 방에 여러 세대가 저마다 한 칸씩 세 들어 사는 그런 집이었어요. 마당에 공용 수돗가가 있었어요. 시멘트 바닥이 군데군데 금이 가 있었죠. 심하게 깨진 곳은 새로 시멘트를 개서 발랐는데 미장이를 불러 바른 게 아닌지 울퉁불퉁해요. 마치 작은 돌멩이를 박아 놓은 것처럼요. 저는 종종 그 작은 돌부리에 걸려 넘어지고는 했죠. 마당에는 하루 종일 해가 비쳤어요. 어느 날은 자다 깼는데 엄마가 보이지 않는 거예요. 눈을 비비며 나갔더니 그 마당에 엄마가 앉아 있더라고요. 철퍼덕 주저앉아 있어요, 아이처럼. 울고 있더라고요. 옆에는 소주병이 보였어요. 아빠가 집을 나간 지 얼마나 지났는지 모르겠어요. 돈도 없고, 쌀도 없네. 며칠 전부터 밤마다 엄마가 중얼거리는 소리를 들었죠. 텅 빈 마당에서 엄마가 주저앉아 울고 있는데, 선생님, 그날 햇빛이 얼마나 무섭게 밝던지요. 날카로운 빛이 바늘처럼 엄마 등을 쪼아 대는데, 선생님, 저는 왜 아름답다는 생각을 했을까요. 무섭고, 너무 무서운데, 동시에 너무 아름다운 거예요. 그래서 감히 엄마를 위로할 생각을 하지 못했어요. 가만히 엄마를 바라보고 있었죠. 저도 울었을 거예요. 한참을 그렇게 서서, 얼마나 오래 서 있는지도 모르게 그렇게 서서 엄마의 등과 엄마를 쪼아 대던 햇빛을 보며 울었어요. 그때의 먹먹함이, 그때의 서늘함이, 선생님, 지금도 분명하게 떠올라요. 까맣게 잊고 있던 기억이었어요. 선생님을 만나서 비로소 되살아난 기억이죠. 어떻게 제가 그날을 잊을 수 있었을까요. 하늘 가장 높은 곳에서 빛나던 태양이 마침내 빛을 잃고 푸르스름한 어둠이 깔릴 때까지 엄마는 마당에서 울고, 저는 차마 엄마에게 다가가지도 못하고 그저 장독 뒤에 숨어 하염없이 따라 울기만 했는데요.

그런데, 선생님. 그게 정말 저의 기억일까요, 그 사람이 진짜 저의 엄마였을까요. 거기 앉아 그렇게 울던 사람은 제가 아니었을까요. 저를 바라보며 울던 아이도 제 안의 제가 아니었을까요. 그런데 저는 왜 달려가 엄마를, 엄마 같은 저를 안아 주지 못했을까요. 제가 엄마를 그 마당에 그렇게 오래 내버려 두어서 벌을 받는 걸까요. 아니에요. 차라리 그렇게 보기만 했던 게 나아요. 제 아이는, 아니 제 안의 아이 말고요, 제 딸아이, 진이하고 나이가 같다던 그 아이요. 그 아이는 저와 너무 달라요. 예전에 제가 어떤 일로 울었던 날이 있어요. 그때 제 아이는 쪼르르 달려와서 저를 살피더니 제 눈물을 보고는 자기가 더 큰 소리로 떼를 쓰며 울어 버리더라고요. 아니요. 엄마가 울어서 속상한 게 아니었어요. 제 울음을 눌러 버리겠다는 고집이 담겨 있었죠. 제가 그칠 때까지 단 한 순간도 멈추지 않고 악악대며 울더라고요. 저러다 숨이 넘어가겠다 싶을 때까지 엉엉, 저를 노려보면서요. 그 그악스러움이란. 딸아이는 남편을 닮았어요.

진이도 울기는 했죠. 제가 그 이야기를 마쳤을 때 옆에서 훌쩍거리는 소리가 들렸어요. 고개를 들어 보니 진이가 우는 것이었어요. 그런데 진이는 달랐어요. 떼를 쓰거나 무서워서 난리를 치는 것이 아니라 제 마음을, 제 아픔을 자신도 함께 느끼며 우는 그런 울음이었어요. 진이는 조그만 소리로 울면서 급기야 저를 안아 주었죠. 당황스러웠어요. 누군가에게 그렇게 안겨 본 적이 없었거든요. 더구나 위로를 해 주려고 저를 안아 준 사람은 없었어요. 작고 말랑한 진이를 안고 있자니 마음에 뭔가 따뜻한 것이 번지더군요. 무언가가 제 안에서 바스락 소리를 내더라고요. 까맣게 잊고 있던 어떤 영혼이 훌쩍훌쩍 우는 소리가 들렸어요. 저도 모르는 어떤 영혼이 제 안에서 스르르 일어나 진이를 마주 안는 것을 느꼈어요. 그래요, 그 영혼이 바로 선생님이 말씀하셨던 제 내면 아이였어요. 그날 진이가 제 안의 어린아이를 깨웠다니까요.

내 안의 아이를 만난다는 건, 내가 보살피고 치료해야 할 내 상처를 만난다는 걸 의미하죠. 그쯤은 선생님이 말씀해 주시지 않아도 알 수 있어요. 내 엄마에게 받지 못한 사랑, 내 아빠가 끝내 거절했던 결속, 그런 걸 스스로 해결해야 한다는 뜻이에요. 그렇죠? 선생님을 알게 되면서 저도 공부를 많이 했거든요. 처음에는 공격하기 위해서였지만 나중에는 아니었어요. 저도 한 번쯤은 잘 살아 보고 싶었어요.

그런데 정말 어렵더라고요. 잊고 있던 어린 시절의 저를 바라본다는 것, 그 아이와 소통하고 그 아이를 위로하고 치유한다는 것, 그건 생각보다 힘든 일이었어요. 게다가 그 아이는 좀 무서웠어요. 아이답지 않은 눈빛, 불신으로 가득한 표정. 엄마가 저를 왜 그렇게 미워했는지 알겠더라고요. 제가 아빠였다면 더 일찍 떠났을 거예요. 엄마가, 그리고 아빠가 비로소 이해가 되는데 너무 끔찍했어요. 이해할 일이 따로 있지, 내가 버림받을 만한, 미움받을 만한 아이라는 걸 스스로 인정하다니요.

그 미움이 저를 어떤 괴물로 만들었는데요. 그래서 참고 또 참았어요. 엄마처럼 되기는 싫으니까, 그 아이를 또 이렇게 키우기 싫었으니까 미움 대신 제가 자라는 동안 엄마에게 간절히 바라던 사랑을 제 내면 아이에게 주었어요. 너는 소중하다, 너를 사랑한다, 너는 세상에 하나밖에 없는 존재다, 끝없이 말을 건넸죠.

포기하지 않고 계속해서 말을 건넸더니 차츰 아이가 달라지더군요. 차가운 눈빛이 따뜻해지고, 의심 가득한 얼굴에 조금씩 신뢰가 싹트고, 냉랭하던 뺨에 복숭앗빛 생기가 돌고. 그 모습이 그렇게 좋았어요. 그런데 마음에 깃든 외로움은 어떻게 해결해 줄 수가 없었어요. 그 아이에게는 친구가 필요했어요. 솔직히 배신감 같은 게 느껴지더라고요. 엄마의 사랑을 원해서 엄마를 주었는데 이제는 친구를 달라고 하다니요. 자신의 내면 아이를 위로하고 성장시킨다는 게 그래서 힘든가 봐요. 제 안의 아이는 위로받았는데 그 아이를 위로하느라 어른인 제가 다치는 거예요. 저는 제 안의 아이를 위해 이렇게 애를 쓰는데 왜 그 아이는 저를 사랑하지 않나요. 왜 끝없이 저에게 무언가 해 달라고만 하는 건가요. 어린 저와 어른인 저, 우리 두 사람이 모두 평화로울 수 있는 방법은 없을까요.

저는 제 딸아이가 그걸 해 줄 수 있을 거라고 믿었어요. 제 딸아이는 늘 동생이 필요하다, 왜 나는 언니가 없느냐 칭얼대는 외동딸이거든요. 제 내면 아이는 제 딸 또래니까 두 아이를 만나게 하면 좋을 것 같다는 생각이 들었죠. 뭐 특별한 방법을 쓰지는 않았어요. 설마 주술이나 최면 이런 걸 생각하는 건 아니시죠. 그럴 리가요. 그런 방법도 모르거니와 그런 위험한 방법을 왜 아이에게 쓰겠어요. 전 그저 제 내면 아이의 모습을 그대로 아이에게 보여 주기만 했어요.

남편이요. 남편에게는, 글쎄요. 남편은 어른이잖아요. 그가 어린 저에게 무슨 도움이 되겠어요. 기껏해야 무시할 만한 대상밖에 더 되겠어요. 물론 남편에게도 어린 자아라는 게 있겠지만, 아니 분명히 있기는 있죠. 저는 그게 어떤 아이인지 알아요. 끝없이 징징대는 어린 아이죠. 엄마에게 모든 걸 해 달라고 조르고, 그러면 엄마가 모든 걸 해 주었던 아이예요. 남편의 내면 아이는 새삼 일깨울 필요도 없어요. 이미 저와 같이 살고 있는 걸요. 이걸 해 달라, 저걸 해 달라 늘 칭얼거리죠. 남편에게 선생님이 들려주신 심리 분석에 대한 이야기를 해 봐야 '결핍'에만 주목할 거예요. 제 속의 아이와 대등하게 만나기는커녕 제게 엄마 노릇을 강요하겠죠. 그리고 성에 차지 않으면 밖에 나가서 다른 여자들을 찾아다닐 거고요. 정말 지긋지긋해요.

남편이 다른 여자를 만나고 있다는 것을 알아도 저는

아무 말 하지 않았어요. 바람피우는 남자들은 애초에 싹을 잘라서 버릇을 고쳐야 한다고 주위에서는 말했지만 사랑은 상대를 지배하는 게 아니라 내버려 두는 거라고 생각했어요. 그가 밖에서 만나는 이가 여자가 아니라 엄마를 대신할 존재일 뿐이라는 걸 알았거든요.

그런데 선생님, 왜 모든 문제에는 엄마가 있는 건가요? 왜 엄마와의 관계를 투영해야 하는 건가요? 내 엄마와의 문제도 내가 엄마가 되어서 해결해야 하고, 내 남편과의 문제도 내가 엄마가 되어서 해결해야 하고, 왜 나는 엄마에게 버림받은 아이인 동시에 모든 아이의 엄마여야 하는 건가요. 엄마에 대한 결핍 운운하는 건 남성 학자들의 잘난 모성 신화 아닌가요. 아무래도 세상 대부분의 심리학자, 정신분석학자들이 남자라서 그따위 소리를 지껄이는 것 같아요. 그놈의 엄마, 엄마, 엄마 타령. 빌어먹을. 아, 죄송해요, 선생님. 제가 좀 흥분했나 봐요. 어쨌거나 남편은, 어른이 된 남편이든 그 속에 웅크리고 있는 어린 남편이든 오직 엄마만 있으면 됐어요. 그래서 전 그냥 모른 척하기로 했어요. 전 제가 낳은 아이를 돌보는 일만으로도 충분히 힘들었으니까요.

저는 남편이 만났던 여자들을 다 알아요. 남편은 뭘 제대로 숨길 줄도 모르는 사람이에요. 솔직해서가 아니라 그만큼 칠칠치 못한 거죠.

남편이 처음 만난 여자는 꽃꽂이를 가르치는 여자였

어요. 저는 그 여자에게 꽃꽂이를 배웠어요. 물론 일부러 그랬죠. 그냥 궁금했어요. 그 여자를 만나는 일은 좀 힘들었어요. 처음이었으니까요. 아이를 낳은 지 얼마 되지 않았고, 그 어느 때보다 남편의 도움이 필요하던 때였거든요. 남편은 자상하거나 성실한 편은 아니지만 그래도 무뚝뚝한 만큼 의지가 되는 면이 있어요. 그 여자는 남편의 첫사랑이었다고 했어요. 남편이 어떤 스타일을 좋아하나 궁금했어요. 그즈음에야 알게 된 사실인데 저는 남편의 이상형이 어떤지도 모르고 있더라고요. 연애 시절에도 궁금하지 않던 남편의 사랑이 무척 궁금했어요. 네, 알아요. 선생님 말씀처럼 남편이 결국 결혼하고 프러포즈한 사람은 나니까 남편이 좋아하는 사람은 나다, 저 남자의 이상형은 나였다 생각하는 게 맞겠죠. 하지만 그때 저는 제가 아니었거든요. 저는 그때의 저를, 선생님, 저는 지금도 그 모습이, 그 시절이 저라고는 도저히 인정 못 하겠어요. 선생님, 그건 사람이 아니었어요. 한 마리 짐승이었죠. 버려진 짐승. 길에 버려져서 혼자 새끼를 낳은 짐승. 그 짐승의 눈에 비친 그 여자는 그녀가 한 아름씩 들고 다니는 꽃보다 더 아름답고 향기롭더군요. 승부 따위 도저히 겨룰 수 없겠더라고요. 그녀를 본 순간 그냥 깨끗이 포기했어요. 졌다, 내가 남편이어도 너를 택하겠다, 이런 심정이었는데, 처음에는 고층 빌딩에서 떨어져 박살 난 것처럼 마음이 아프더니 남편 입장으로 그녀를 보니 차라리 평온했어요. 어쩌면 남편보다 제가 더 그 여자를 좋아했을지도 모르겠다는 생각이 드네요.

도서관 버스를 몰고 다니던 여자도 있었어요. 그 여자는 아이가 있었어요. 한 달에 두 번씩 여자가 모는 버스가 집에서 가까운 공용 주차장으로 찾아와요. 책도 빌려주고, 어린아이들에게 책도 읽어 주죠. 저는 그 도서관에 자주 갔어요. 제 아이도 데리고 갔어요. 그곳에 온 다른 아이들 틈에 제 아이도 앉혀 놓고 여자가 읽어 주는 동화책에 함께 귀를 기울였죠. 얼굴은 평범한데 좋은 목소리를 가진 여자예요. 자주 가다 보니 여자와 자연스레 가까워졌어요. 유부녀는 아니더군요. 미혼모인지 사별인지 이혼인지는 모르겠지만 혼자서 아이를 키우고 있었어요. 아이를 맡길 데가 없어서 그 일을 시작했다고 해요. 도서관 버스는 아이를 태우고 다닐 수 있으니까요. 혹시 그 아이의 아빠가 남편은 아닐까 의심이 들기도 했어요. 제 아이와 비슷한 나이였거든요.

어느 날 밤에 저는 남편에게 도서관 버스에 대해서 말했어요. 남편은 처음 듣는다는 표정이었어요. 아빠 없는 아이를 데리고 다니더라, 그 아빠는 어떤 남자일까 물었더니 입술을 파르르 떨더군요. 형편없는 놈이겠지. 그러고는 한술 더 떠 애비 없는 자식 키우는 여자가 다른 아이들을 돌본다니 말이 돼. 욕을 하더라고요. 그래서 남편의 아이는 아니겠구나 했어요. 그래서 안도했느냐고요? 아니요. 화가 났어요. 대체 아이도 있는 여자를, 남편은 그토록 비웃으면서, 아니 그러면서 만나기는 왜! 연애는 왜! 자신이 좋아하는 사람을 모른 척하는 것보다 나쁜 건 바로 그런 거 아닌가요.

제가 착각한 것 아니냐고요?

선생님, 혹시 남편의 바람이 제 오해나 망상이라고 생각하시는 건가요? 그런 거예요? 지금 절 의심하세요? 혹시 선생님도 남편을 만났나요? 여기 찾아온 거죠? 그렇죠? 언제요? 언제부터 남편을 만나셨어요? 아니, 그렇잖아요. 화를 내는 게 아니라 이상하잖아요. 지금 만난 적도 없는 남편을 편들고 계시잖아요. 선생님이 저보다 남편을 더 잘 아는 것처럼요? 네? 네. 네. 심호흡이요, 후유, 후유, 이러면 되나요. 죄송해요. 흥분했어요. 선생님도 절 의심하시는 것 같아 좀 서운했어요. 그런데 제가 어디까지 말했죠? 아, 남편. 그래요 남편. 여하튼 남편은 뭐 의지하거나 그럴 만한 사람이 아니에요.

그래서 제 아이에게 기대를 걸었어요. 아이에게 아이로서 다가간다는 것, 멋지지 않나요? 저는 충분히 가능하고 타당한 일이라고 믿었어요. 눈높이라는 말 있잖아요. 그런데 그렇지가 않더라고요. 충분히 준비하고 최대한 자연스럽게 아이에게 다가갔는데, 제 아이는 제가 어렵게 꺼낸 제 내면 아이를 보더니 무섭다며 부들부들

떨기 시작했어요. 그때 제 아이에게 느낀 실망을 어떻게 표현해야 할까요. 제 딸아이는 심지어 남편에게 엄마가 미친 것 같다는 말도 했어요. 아무리 어린아이지만 어쩌면 그렇게 생각이 없을 수가 있죠. 정말 그날의 진이가 생각나더라고요. 진이라면 그러지 않았을 거예요. 진이는 진심으로 제 속의 어린아이를 받아 주고 안아 주었을 거예요. 전 제 딸아이가 미웠어요. 이런 말 조심스럽지만 때리지 않으려고 얼마나 노력했는지 몰라요. 사람들은 제게 아동 학대라고 했지만 아니요, 천만에요. 오히려 딸아이에게 제 내면 아이가 더 크게 상처받았죠. 선생님, 선생님은 이해하실 거라고 생각해요. 사실 제 딸아이가 제 내면 아이보다 나이도 더 많거든요. 그럼 언니잖아요. 언니로서 이해하고 배려해야 하는 거 아닌가요? 물론 설명도 했어요. 엄마 안에 있는 엄마의 내면 아이에 대해서 아이가 이해할 수 있도록 쉽게, 천천히. 그런데 못 알아듣더라고요. 무섭다고 울기만 해요. 더 답답한 건 남편이에요. 아이 말만 듣고 저를 미친 사람 취급하더니 결국은 아이를 데리고 집을 떠났어요. 말도 안 돼. 하. 참. 아니. 아니에요. 어쩌면 차라리 잘됐어요. 소중한 건 누구보다도 제 자신이니까요. 제가 회복되지 않는다면, 상처받은 제가 치유받지 못한다면 아이나 남편이 무슨 소용이에요.

선생님, 전화를 드린 건 그 때문이에요. 진이를 만나고 싶어요.

진이는 제 속의 어린 저에게 좋은 친구가 되어 줄 거예요. 처음 만났을 때도 그렇게 포근하고 따뜻하게 그 아이를 안아 주었잖아요. 진이를 만나게 해 주세요. 진이는 잘 있나요?

아, 네.

네?

네. 아, 그럼요. 선생님이 보내 주신 선물은 잘 받았어요. 그 곰 인형. 정말 크고 좋던데요. 딸아이와 헤어질 때 줬어요. 네? 무슨 말씀이세요. 그 인형이 진이라니요. 선생님! 선생님도 저를 미친 사람 취급하는 건가요. 저는 그날 선생님 집에 마주 앉아서 진이의 얼굴을 봤고, 진이의 숨결을 느꼈고, 저를 안았을 때 작게 뛰던 심장 박동 소리를 들었어요. 제가 진이를 해칠까 봐 숨기시는 거예요? 그렇지 않아요, 선생님. 최근 어디에서든 '괜찮아'라는 아이디를 보신 적 있어요? 저 이제 선생님 안티 안 해요. 안티라니요. 전 이제 선생님의 열렬한 팬이에요. 저는 그냥 진이를 한 번 더 만나서 위로받고 싶은 거예요.

아니요, 선생님. 피하지 마세요. 이건 비겁해요. 선생님이 시작한 일이잖아요. 선생님이 저를 불렀고, 저를 분식했고, 저를 치료했지요. 선생님 덕분에 저는 제 안의 아이를 만났어요. 그 아이의 불만, 그 아이가 꿈꾸던 복수가 무언지도 알아냈지요. 그게 외로움 때문이라는 것도 알아냈고요. 그 외로움을 달래 주지 못하면 어떻게 될지 누구보다 선생님이 잘 아시잖아요. 제 안의 아이가, 어렵게 만난 그 아이가 이번에도 상처를 치유받지 못하고 훌쩍 커 버리면 어떡해요. 그렇게 어른이 되면 안 되잖아요. 치유받지 못한 채 성장한 어른이 제 안에 생겨난다면 그 어른과 지금의 저 사이에 누가 진짜인지 알 수 없게 되잖아요. 선생님이 도와주세요. 선생님이 깨운 아이잖아요. 그렇게 자꾸 주소를 바꾸셔도 소용없어요. 제 안의 아이는 영리하거든요. 선생님이 어디로 가시든 제 안의 아이가 그 방향을 늘 일러 줘요. 똑똑한 아이라 자라는 속도도 빠른 것 같아요. 너무 빨리 자라게 될까 봐 겁나요. 선생님, 진이가 필요해요. 진이를 만나게 해 주세요. 잠깐만요. 전화를 끊지 마세요, 선생님. 끊으시면 제가 바로 올라갈 거예요. 저 지금 선생님이 사시는 아파트 앞에 있어요. 진이, 지금 집에 있죠. 알아요. 다 알고 있다고요. 제 안의 아이가 지금 진이를 향해 달려가고 있어요.

곧 만나요, 선생님.

토마토를 끓이는 밤

"러시아를 배경으로 한 소설이었던 것 같아. 아니, 소련이었나."

가스레인지 위에 올린 냄비를 천천히 저으며 남편이 말했다. 냄비 안에서는 토마토가 끓고 있었다. 나는 잠시 귀를 의심했다. 게임도 아니고, 도박도 아니고, 담보나 대출도 아니고 러시아라니. 소설이라니. 남편이 책을 읽은 적이 있었나. 본 적은 없지만 남편의 그런 말은 듣는 마음을 뭔가 이상하게 만들었다. 늘 추레하다고만 생각했는데, 그런 말을 하고 있으니 오래 입어 늘어진 트레이닝 바지가 다 쓸쓸해 보였다. 좁은 싱크대 앞에 구부정하게 서서 냄비를 젓고 있는 저 남자는 어쩌면 내 남편이 아니라 남편의 모습으로 변신한 마녀일지도 모르겠다는 생각도 들었다. 언제인지는 기억나지 않지만 내가 읽은 마지막 책은 마녀가 나오는 동화였다. 그 책이 내가 읽은 유일한 책이었는지도 모른다. 만약 그렇다면 가스레인지 위에서 끓고 있는 것도 토마토가 아닐지 모른다. 그럼 뭘까. 혹시 엄마?

*

1년여 전 남편의 직장이 문을 닫았다. 즉석식품을 제조하여 기업에 납품하는 공장이었다. 남편은 이번 기회에 두어 달만 쉬면서 자기 자신에 대해 돌아보고 싶다고 했다. 나는 아무 대답도 하지 않았다. 자신을 돌아본다는 게 무슨 뜻인지 이해할 수 없었기 때문이었다. 우리는 그런 식으로 대화를 해 본 적이 없었다. 보이지 않는 것, 관념으로만 존재하는 것은 우리에겐 존재하지 않는 것이었다. 남편도 나도 모호하거나 추상적인 건 딱 질색이었다. 우리에게 돌아본다는 말은 실제로 고개를 돌려 등 뒤를 확인한다는 것 이상의 의미가 없었다.

그러나 이번에는 그런 뜻이 아닌 것 같았다. 두어 달 쉬겠다는 말은 분명히 이해했다. 나머지 말은 여전히 무슨 뜻인지 모르겠는데 의지는 확고해 보였다. 나는 딱히 뭐라 대답하지 않았다. 모아 둔 돈은 없지만 아이가 없으니 두어 달 정도는 어떻게든 지나갈 것 같았다. 쌀도 있고, 김치도 있고, 남편이 수당이나 상여 대신 수시로 들고 오는 즉석식품도 그대로 있었다. 굶어 죽을 일은 없을 터였다.

두어 달은 금세 지나갔다. 쌀도 김치도 즉석식품도 거의 줄어들지 않았다. 남편은 처음 말했던 대로 아무런 일자리도 찾지 않았다. 다시 또 두어 달이 지나갔다. 이번에는 좀 불편하게 지나갔다. 집 안에 있는 것들이 하나둘 자꾸 고장 났다. 수도 밸브는 패킹이 닳았고, 냉장고는 퓨즈가 나갔다. TV는 드라마를 볼 때만 화면이 깜박거렸다. 어떤 것은 고치고 어떤 것은 고치지 못하는 동안 다시 또 두어 달이 지났다. 그리고 또 몇 번의 두어 달이 더 지나갔다. 남편은 여전히 어디에도 나갈 생각이 없어 보였다. 그 시간 동안 뭔가를 돌아보거나 고민하거나 전망하거나 개선한 것 같지도 않았다. 못 찾는 건지 안 찾는 건지도 알 수 없었다. 그러는 사이 쌀도 떨어지고, 김치도 떨어지고, 즉석식품은 더 빨리 떨어졌다. 할 수 없이 월세 보증금을 까먹고, 연체 직전의 카드 몇 개를 돌리고, 지인들에게 급전을 빌렸다.

가끔은 내가 일을 했다. 결혼 전에 나는 일 같은 건 해 본 적이 없었다. 직장에 다니는 것은 물론 집안일도 하지 않았다. 여자가 일 배우면 일해서 먹고사는 법이라고 말한 사람이 엄마였는지 나였는지는 모르겠다. 결혼 전에는 엄마가 돈을 벌었고, 결혼 후에는 남편이 돈을 벌었다. 누군가 벌어다 준 돈으로 먹고 살면서 30대 중반이 된 내가 할 수 있는 일은 거의 없었다. 어쩌다 구하면 아르바이트였고, 그나마도 흔치 않았고, 어렵게 일을 시작해도 며칠 못 가 그만두게 됐다. 내가 지치거나 일을 시키는 사람이 지치거나 모처럼 뜻이 맞는 사람을 만나 의기투합하면 업체가 망했다.

마지막으로 일했던 곳은 옷 가게였다. 젊은 여대생들이 많이 지나다니는 거리 한복판이라 손님이 제법 있었다. 빈티지 콘셉트의 옷을 팔았는데, 입던 옷을 기증받는 업체에서 사 온 게 아닌가 싶은 옷들도 더러 있었지만 꽤 그럴듯한 명품 카피도 제법 있었다. 일하는 시간에는 매장에서 판매하는 옷을 입을 수 있었다. 하루 정도만 입은 옷은 세탁과 다림질 같은 약간의 재가공을 거쳐 감쪽같이 새 옷으로 둔갑시켜 팔았다. 비싼 옷은 아니지만 그래도 날마다 새 옷을 바꿔 입는 건 꽤 신나는 일이었다. 문제는 월급이 잘 나오지 않는다는 거였다. 며칠을 미루다, 일주일을 미루다, 급기야 한 달쯤 월급이 미뤄진 날 나는 평소 눈여겨보던 스웨터를 몰래 가방에 넣었다. 늘 졸린 눈으로 카운터에 앉아 있던 사장이 처음으로 잠이 깬 표정으로 퇴근하는 나를 불렀다. 그러고는 가방에 손을 쑥 넣어 스웨터를 꺼냈다. 말은 하지 않았다. 잠시 뭔가 생각하더니 이내 한숨을 쉬고는 나가라는 손짓만 했다. 옷은 가져가라. 내일 가게 문닫는다. 월급은 그걸로 퉁치자. 사장이 혼잣말처럼 중얼거렸다. 아무런 감정 없는 목소리였는데, 그 말을 듣자마자 더 이상 어디에서도 일을 하고 싶지 않아졌다. 내가 훔친 스웨터는 밀린 월급은커녕 하루 일당도 못 될 싸구려였다. 그렇지만 물건을 훔치다 들킨 마당에 그런 말을 할 수는 없었다. 그래서 사장이 보는 앞에서 옷을 몇 벌 더 집어넣었다. 사장은 그걸 보고도 아무 말 하지 않았다. 매장을 나오면서 티 나게 불룩해진 가방으로 사장을 툭 쳤는데 그는 마치 내가 손님이기라도 한 듯 뒤로 슬쩍 물러서며 시선을 피했다. 유령이 된 것 같았다. 공장이 문을 닫고 퇴직금 대신 즉석식품이 가득 든 상자를 들고 나오면서 남편도 이런 기분이었을까.

지갑에 남아 있는 마지막 돈으로 남편과 나는 데이트를 했다. 영화를 보고 싶었지만 극장이 공사 중이었다. 나는 옷 가게에서 훔친 스웨터를 입고 남편과 팔짱을 끼고 걸었다. 연한 노란빛이 감도는 스웨터는 어깨가 좁기는 해도 그럭저럭 입을 만했다. 우리는 닫힌 극장 앞에서 떡볶이를 사 먹었다. 떡볶이는 짜고 매웠다. 웬일로 남편은 떡볶이의 맛에 대해서 아무런 품평도 하지 않았다. 소주는 참기로 했다. 돈이 조금 모자랄 것 같았다. 대신 남은 떡볶이 국물을 튀김 만두로 삭삭 훑어 먹고 나니 어스름 해가 지고 있었다. 술도 먹지 않았는데 취한 기분이었다.

천천히 골목을 밟아 집에 돌아오니 얼마 안 되는 세간이 모두 대문 밖에 나와 있었다. 그나마도 쓸 만한 물건은 이미 누군가 집어 간 모양이었다. 아까운 물건 따위는 없었다. 남편과 나는 남의 물건을 줍듯 버려진 세간에서 필요한 물건을 조금 챙겼다. 남편은 주로 요리책을 집어 들었고, 나는 옷을 주웠다. 각자 그렇게 몇 권의 책과 몇 벌의 옷 따위를 챙겨 나란히 손을 잡고 걸었다. 걷다 보니 엄마가 사는 동네였다. 엄마가 사는 임대 아파트가 우리를 기다리고 있었다.

문은 잠겨 있지 않았다. 불쑥 현관문을 여는 우리를 보고 엄마는 놀라지 않았다. 아무 말 없이 잠시 얼굴을 빤히 쳐다보더니 들어오라고 손짓했다. 그리고 물었다.

"큰방 쓸래, 작은방 쓸래."

남편은 망설이지 않고 작은방을 택했다. 현관을 열면 마주 보이는 큰방에는 문이 없었다. 방이라 부르지만 방은 아닌 곳이었다. 부식거리를 다듬던 중이었는지 콩나물, 시금치 따위가 바닥에 흩어져 있었다. 상자 여러 개가 한쪽 벽에 바투 쌓여 있었는데 역시 부식용 채소들이었다. 여러 가지 채소를 손질해서 반찬 가게에 가져다주는 일이 요즘 엄마가 하는 일이라고 했다. 지금은 콩나물을 다듬으려던 참이라고 했다. 나는 엄마 옆에 앉아 엄마가 손질하다 만 콩나물을 마저 다듬었다. 오랜만에 온 탓인지 낯설었다. 내가 살았던 흔적도 없었고,

이곳에서 살았던 기억도 떠오르지 않았다. 엄마만, 어딘가 조금 달라진 엄마만 그냥 여전히 엄마였다.

*

"똥 푸는 사람, 본 적 있나? 페인트 통 있잖아. 그게 똥통이야. 그거 두 개를 양 끝에 하나씩 가로로 긴 막대에 걸고 다니는 거야. 균형을 잃지 않으려면 양쪽에 똑같은 양의 똥을 담아야 해. 똥의 평등이지. 뭘로 퍼 담는 줄 알아? 바가지야. 긴 장대에 고무 바가지를 묶어서 국자를 만들어. 똥 국자."

열 평 남짓 되는 엄마의 임대 아파트는 시도 때도 없이 드나드는 사람들로 늘 북적거렸다. 가장 먼저 문을 여는 이는 언제나 501호 노인이었다. 501호는 엉덩이를 바닥에 붙이기도 전에 늘 똥 타령을 시작했다. 얼굴도 꼭 똥처럼 생긴 노인이었다. 작고 주름이 많고 시커멓고 못생겼다. 스스로도 제 얼굴 못생긴 줄은 아는지 가끔 죽은 남편에 대해 말하며 자신이 남편 복 없는 얼굴이라 남편이 그리 세상을 일찍 떠난 거라 말하고는 했다. 그 남편이 살아 있는 동안에 똥지게를 날랐다고 했다. 그러니까 노인이 수시로 꺼내는 똥 타령은 죽은 남편을 기억하는 회고담이자 젊은 시절의 추억이자 지나온 시절에 대한 회한 같은 거였다. 똥만 푸던 남편과의 사이에 낳은 아들이 셋이나 있었다. 노인은 청상이 할 수 있는 온갖 허드렛일을 혼자 도맡아 해 가며 아들 셋을 키워 냈다. 세 아들 중 두 명은 꽤 어려운 국가고시에 패스했는데 그게 노인의 가장 큰 자랑이었다. 그중 한 아들은 외교관이 되어서 머나먼 타국에 살고, 다른 아들은 중앙 부처의 고위 공무원인데 지금은 잠시 새로운 행정도시에 내려가 있다고 했다.

노인이 그렇게 잘 키운 아들과 함께 살지 못하는 건 나머지 아들 때문이었다. 족히 오십은 되어 보이는 그 아들은 바보였다. 어려서 열병을 앓고 그리되었다고 했다. 노인은 임대 아파트에서 그 아들과 둘이 살았다. 아들은 집 안에 가만히 있지를 못하고 늘 바깥에 나와 있었다. 주로 엘리베이터 근처 복도 구석에 앉아 있었다. 복도는 해가 들어오지 않아 낮에도 어두웠다. 어미를 닮아 작고 시커먼 그 아들이 구석에 웅크리고 있으면 사람인지 그림자인지 알 수 없었다. 복도 어디에선가 퀴퀴한 냄새가 풍기면 그가 앉아 있다는 표시였다. 소리를 내는 법도 없고, 누구를 쳐다보는 법도 없고, 더운 날도 추운 날도 복도에 앉아 멀뚱멀뚱 눈만 굴리고 있었다. 그가 복도로 나오는 시간에 그 어미는 우리 집으로 들어왔다. 우리 집은 엘리베이터에서 가장 가까운 쪽에 있었고, 노인이 사는 501호는 복도 맨 끝에 있었다.

501호를 시작으로 하루 종일 사람들이 드나들었다.

죄 노인들이었는데 대부분 내가 처음 보는 노인들이었다. 가끔 기억에 남아 있는 노인들도 있었지만 굳이 아는 체하지 않았다. 그건 그들도 마찬가지였다. 그들은 우리가 있다는 사실에 당황과 불편을 감추지 않았는데, 그렇다고 돌아서 나가거나 다음에는 좀 덜 오거나 하지는 않았다. 표정만 보자면 마치 남편과 내가 들어와 사는 곳이 내 엄마의 집이 아니라 그들의 집인 듯싶었다. 관리 사무소 옆에 노인들이 모여 쉴 수 있도록 마련해 놓은 경로당이 있는데도 그곳에 가는 노인들보다 엄마 집에 오는 노인들이 더 많은 것 같았다. 그렇게 오는 노인들에게 별다른 용건이 있는 것도 아니었다. 불쑥 문을 열고 들어와 나물이나 떡을 주고 갈 때도 있고, 말없이 냉장고를 열어 고추장 된장 따위를 퍼 갈 때도 있었다. 고작 그게 전부인데 어쩌다 들러도 될 만한 그런 일로 날마다 우리 집 현관을 넘었다. 노인들은 엄마가 있을 때도 왔고, 엄마가 외출 중일 때도 찾아왔다. 남의 집을 무시로 들락거리는 건 엄마도 마찬가지였다. 다른 점이 있다면 그들 모두가 우리 집 한 곳을 찾아올 때 엄마는 날마다 그들 모두의 집을 찾아간다는 거였다. 용건이 없기는 엄마가 더 없어 보였다. 뭘 주고 온 적도 없고, 반대로 뭘 들고 나온 적도 없었다. 마루 끝에 잠깐 앉아 집 안을 스윽 한번 둘러보는 게 전부인 눈치였다. 도대체 왜 그러는지 아무리 물어도 대답을 하지 않았다. 그리고 그러느라 엄마는 현관문을 잠그지 않고 살았다. 우리가 처음 왔을 때 문이 열려 있던 것도 알고 보니 그 때문이었다.

아침부터 밤까지 수시로 현관문이 열렸다 닫히면서 쿵쿵 삐그덕 소리를 냈다. 그 소리에 멀미가 날 지경이었다. 아파트에 사는 노인이란 노인은 다 드나드는 것 같았다. 하루는 대체 몇 명의 노인이 드나드는 걸까 혼자 셈을 해 보기도 했다. 이곳은 18층 높이의 아파트였다. 복도식 아파트였고, 엘리베이터와 비상구가 있는 중앙 복도를 기준으로 왼쪽으로 여섯 호, 오른쪽으로도 여섯 호씩 집이 있었다. 한 층에 열두 가구가 사니 18층이면 어림으로 계산해도 200여 가구가 넘게 사는 셈이다. 그 200여 가구 가운데 노인이 사는 집은 몇 가구나 될지 모르겠지만 어쨌거나 그들끼리는 한 명도 빠지지 않고 왕래를 하는 듯했다. 15층에서 내려오는 노인도 있고, 2층에서 올라오는 노인도 있었다. 대체 하루에 몇 명이나 오고 가는지 나는 몇 번인가 세어 보다 그만두었다. 그저 날마다 오늘은 한 명이라도 문을 덜 열었으면 하고 바랄 뿐이었다.

살 만큼 살고 겪을 만큼 겪어서 그날이 그날 같은 노인들에게 남편과 나의 등장은 모처럼 만나는 새로운 변화였다. 그들은 남편과 나를 경계하면서도 궁금해했다. 그런 마음을 숨기지도 않았다. 방문이라도 닫고 앉아 있으면 기척도 없이 문을 열어 빤히 쳐다보기도 했다. 무람없는 호기심이었고, 동시에 어떤 감시 같기도 했다. 일거수일투족 그들의 시선이 닿았다.

그게 싫어서 하루는 엄마가 집을 비운 사이에 현관문을 잠갔다가 된통 봉변을 당했다. 내가 문을 잠근 사이 찾아왔던 누군가가 현관문을 잡아당겨도 열리지 않자 주먹으로 쿵쿵 두드리기 시작했다. 못 들은 척하고 있었더니 소리가 이내 사라지는가 싶더니 다시 돌아왔다. 그것도 두 배나 커진 소리로 돌아왔다. 다른 누군가를 불러온 것이었다. 그 누군가가 또 다른 누군가를 불러오고, 계속 다른 누군가를 불러오면서 소리가 점점 커졌다.

처음에는 귀찮아서 못 들은 척했는데 나중에는 아는 척할 수가 없게 됐다. 바깥의 소리가 어느 순간 곡소리로 바뀌었기 때문이다. 그때쯤에는 무서운 생각마저 들었다. 어디 경찰서 같은 데 신고라도 해야 하는 건 아닐까 고민할 즈음 엄마가 돌아왔다. 곡소리가 단박에 그쳤다. 사람들은 엄마를 보고 크게 반가워했는데, 문도 열리지 않고 기척도 없어서 다들 엄마가 죽기라도 한 줄 알았다는 것이었다. 가족이 죽어도 그렇게 울지는 못했을 정도로 곡을 토하던 그들은 부활한 예수도 그보다 더 반갑게 맞을 수는 없다 싶게 엄마를 맞았다. 그러면서 엄마의 안녕을 다행스러워하는 호들갑을 서로 질세라 쏟아 냈다. 들어 보면 순전히 문 안쪽의 나를 향한 것이었고, 그 내용을 종합해 보면 함부로 문을 걸어 잠그지 말라는 경고였다. 그 아우성을 들으면서 나는 비로소 그들이 그토록 이곳을 찾아오는 까닭을, 엄마가 그들의 집에 그렇게 날마다 찾아가는 이유를 깨달았다. 그러니까 그건 일종의 생존 확인이었다. 밤새 안녕을 확인하는 일. 혼자 죽는 것보다 죽었는데 아무도 모르는 게 더 두려운 마음은 이해가 됐다. 그렇지만 저승문을 업고 다니는 나이에 그렇게 뻔질나게 고하는 안녕이라니. 좀 징글징글한 느낌도 들었다.

놀라운 건, 노인들이 돌아간 후 엄마에게 등짝을 한 대 신나게 얻어맞고 알게 된 일이었으니, 그 노인들의 안녕을 확인하는 일이 엄마의 또 다른 부업이었다는 점이다. 이 아파트의 노인들은 대부분 가족 없이 혼자 살았는데, 그렇다고 가족이 없거나 가족에게 완전히 버려진 노인들만 있는 것은 아니었다. 자식은 오지 않지만 용돈은 오는 노인들도 있었다. 같이 살면서 부양의 의무를 지는 건 못 해도 부모가 세상을 떠난 사실을 뒤늦게 알게 돼서 사람들 입에 오르내리는 일은 피하고 싶은, 그 정도 체면치레는 지켜야 하는 사회적 위치에 있는 자식들도 적지 않았다. 바로 엄마 집에 드나드는 노인들의 자식이 그랬다. 엄마는 그들이 부모에게 보내는 용돈을 은행에서 찾아다 주고, 생존 여부와 건강 상태를 포함한 근황을 정기적으로 그 자식들에게 알려 주는 일을 하고 있었다. 뭐랄까, 이곳 노인들의 대리 부양 도우미이자 요양 보호사 같은 거라고나 할까. 그러고 보니 아파트에 사는 노인 모두가 우리 집에서 고추장을 퍼 가는 건 아니었다. 엄마가 날마다 아파트에 사는 모두의 안녕을 확인하러 다니는 것도 아니었다. 오직 엄마의 고객인 노인들만 현관문을 열 수 있었다. 그것을 알고 나니 문을 잠글 수 없었다. 아침부터 저녁까지 오늘도 살아 있다 외치는 노인들의 안녕 소리가 내게는 어쩌자고 여태도 살아 있느냐 묻는 저승사자의 문안 인사 같았지만 알고 보니 그게 돈이라는데 어쩌겠는가.

더 놀라운 건 남편은 이미 그 사실을 알고 있다는 거였다. 내가 엄마와의 동거에 소소한 불편을 겪는 동안 남편은 아주 빠르게 엄마의 일상에 동화되었다. 엄마를 따라 시장에 가기도 하고, 엄마와 함께 다듬어 놓은 채소를 반찬 가게에 가져다주기도 했다. 노인들을 돌보는 일도 엄마와 함께 했다. 집에 와 있는 노인들의 수다를 들어 주는 것도 남편이었다. 남편이 거들 때마다 괜찮다며 처음에는 손사래를 치던 엄마가 어느 날부터 당연한 듯 남편과 함께 외출을 했다. 소곤소곤 둘이서만 아는 이야기를 주고받기도 했다. 남편은 어떤 때는 엄마의 아들 같았고, 어떤 때는 착한 신입 사원 같았다. 내 남편만 아닌 것 같았다. 그게 얄미워 나는 밤에 일부러 엄마와 잤다. 나름의 별거였는데 남편은 그마저도 전혀 불편하지 않은 눈치였다. 대신 엄마와의 외출은 더 잦아지고 더 길어졌다.

엄마와 외출하지 않는 날에는 남편이 살림을 했다. 빨래나 청소는 잘하지 못했지만 반찬을 만드는 일에는 제법 솜씨를 보였다. 남편이 공장에서 했던 일이 제품을 포장하는 일이 아니라 기계 대신 식품을 조리하는 일은 아니었을까 싶은 생각이 들 정도였다. 김치를 담글 때는 오히려 엄마가 이것저것 물어보기도 했다. 손맛이 보통이 아니라고 칭찬을 하면 남편은 사실 어릴 때 꿈이 요리사가 되는 거였다며 수줍게 웃었다. 그렇게 순하게 웃다가도 그럼 이제라도 요리를 배우지 그러느냐고, 착실하게 돈 모아 반찬 가게 같은 걸 해 보면 어떻겠느냐고 옆에서 내가 한마디 거들면 그건 아니라며 엄마도 남편도 정색을 했다.

남편은 아예 돌봄 공책이라 이름 붙인 공책을 들고 다녔다. 흘끔 들춰 보니 돌봐야 하는 노인들의 신상에 대해 적어 둔 일종의 고객 장부였다. 장모에게 얹혀살게 된 처지에 밥값이나 하려는 줄 알았더니 꽤 열심히 일을 했다. 그저 일로서가 아니라 진심으로 노인들을 공경하고 위로하고 보살피는 것처럼 보일 때도 있었다. 저 사람이 이토록 박애주의자였던가. 길바닥에 엎드린 거지의 동냥 바구니에 동전 하나 던져 본 적 없던 남자가 한 번도 본 적 없는 노인들의 심부름을 하고, 청소를 해 주고,

말벗이 되어 주는 모습은 경이롭다 못해 두려웠다. 남편은 그런 식으로 차츰 모두의 아들이, 아니 모든 고객의 아들이 되어 갔다.

그런데 남편은 노인들을 찾아갈 때 엘리베이터 대신 계단을 이용했다. 무려 10층을 걸어 올라가야 할 때도 마찬가지였다. 고객이 아닌 노인들과 마주치지 않기 위해서라고 했다. 아파트에 사는 이들은 대부분 노인이었고, 노인들은 돈이 있건 없건 젊은 남자의 도움이 필요했다. 남편은 그들 모두의 도움이 되고 싶지는 않다고 했다. 장부에 없는 이들은 길바닥에 엎드린 거지와 다르지 않다며 비상계단을 향한 문손잡이를 돌리는 남편의 모습은 공책 속 노인들을 대할 때와 완벽하게 달랐다.

그렇게 열심히 피해 다녀도 결코 피할 수 없는 사람이 있었는데 바로 501호 노인의 바보 아들이었다. 그럴 수밖에 없었다. 비상계단이 있는 출입구는 그 아들의 오후 아지트였다. 남편이 비상구의 손잡이를 돌릴 때마다 아들은 눈빛을 반짝거리며 남편의 모습을 좇았다. 그림자처럼 앉아 있는 바보 아들에게 남편은 어떤 사람으로 보일까. 혹시 그는 바보가 아니라 바보인 척하고 있는 건 아닐까. 저녁이 되어 집에 돌아가면 두꺼비 허물을 벗은 동화 속 왕자처럼 멀쩡한 모습으로 일어나는 게 아닐까. 그러고는 제 어미에게 음험하고 속물적인 돌봄에 대해 강한 비판을 토로하는 건 아닐까. 501호 노인은 남편을 좋아하지 않았다.

"똥통의 똥은 말야. 가득 담을수록 잘하는 거야. 샌 님처럼 반만 담아서 그걸 어느 세월에 날라. 세월아 네 월아 퍼 나르면서 온 동네에 똥 냄새 풍길 일 있어? 그 건 반푼이지. 후딱 퍼서 후딱 날라야 해. 푸는 것보다 나 르는 게 중요해. 양쪽의 중심을 딱 잡고 허벅지에 힘을 딱 주고, 성큼성큼 걸으면서도 한 방울도 안 흘려야지. 강아지는 길에다 똥을 싸도 똥지게는 똥을 흘리면 안 돼. 저 입는 옷에는 묻혀도 길바닥에는 안 묻히는, 그게 바로 똥쟁이 직업윤리라는 거지."

함께 사는 아들이 있어도 501호 노인은 엄마의 고객 이었다. 그 아들이 정상이 아니기 때문일 것이다. 501호 는 엄마 집에서 가장 가까운 곳이었지만 남편도 엄마도 501호에 가 본 적은 없다. 대신 노인이 누구보다 일찍 우 리 집의 현관을 열었다. 해가 뜨기 무섭게 복도 그늘을 찾아 나가 앉는 아들을 따라 나오기 때문이라고 했지 만, 사실은 누구도 집에 들이지 않기 위해서인 듯했다. 엄마는 물론 501호 노인이나 아들이 아닌 다른 사람이 그 집 현관을 여는 모습을 한 번도 보지 못했다.

남편의 고객 장부에 유일하게 빈 칸도 501호였다. 501호는 고객은 고객이었지만 다른 고객과는 달랐다. 나 살아 있다 말하기 위해 노인이 먼저 우리 현관을 열 듯 노인에 대해 물을 일이 있으면 노인의 아들이 전화를 걸어 왔다. 우리가 먼저 연락을 하지 않는 것도 노인을 관리하는 조건 가운데 하나였다. 혹여 약속을 어길까 불안한지 아예 자신들의 연락처도 남기지 않았다. 나는 그런 관계가 왠지 미심쩍고 불편했는데 남편은 오히려 그 이유로 501호 노인에게 특히 깍듯했다. 그렇게 신원을 노출하지 않는 사람일수록 VIP라는 것이었다. 실제로 501호의 자식들에게 오는 수고비는 다른 이들이 보내는 것보다 많다고 했다. 바보 아들이 포함된 가격이기도 했고, 신원을 노출하지 않는 조건이기도 했다. 그런 조건은 비밀을 지키는 자에게 유리한 법이고, 그러므로 좀 더 좋은 가격으로 조정할 수 있는 기회가 언제고 올 것이라고 남편은 믿었다.

그리고 그 기회는 어느 밤 우연히 찾아왔다.

한밤중에 벨소리가 들려 나가 보니 501호 노인이었다. 무언가에 쫓기는 사람처럼 덜덜 떨고 있었다.

"우리 집에 좀 와 봐."

"왜요?"

"우리 집 화장실에 누가 있어."

"누가요?"

"여자애."

"누군데요?"

"몰라."

"뭐 하는데요?"

"똥 눠."

"그럼 누게 해 줘요."

"나도 똥 마려."

"그럼 비키라고 해요."

"말을 안 들어. 새댁이 가서 말해 줘."

한밤중에 벨을 누른 501호 노인은 집에 누군가가 있다며 횡설수설했다. 그러고는 내 손을 잡아끌었다. 남편이 따라가려고 했지만 노인은 한사코 남편을 내쳤다. 어딘지 평소와 다른 노인의 모습도 불길했지만 한여름 귀신 이야기 하듯 여자애 어쩌고 하는 이야기가 무섭기도 했다. 잡힌 손을 빼려 했지만 의외로 완력이 강했다. 할수 없이 나는 남편에게 떨어져 따라오라는 신호를 보내고 노인을 따라 501호로 갔다.

501호에는 불이란 불이 다 켜져 있어서 대낮처럼 환했다. 집 구조는 똑같았다. 살림살이도 크게 다르지 않았다. 싱크대 선반에 물컵 두 개만 올려져 있었다. 밥은 해 먹는 걸까. 작은방에서 나는 으으, 신음 소리가 이곳이 501호라는 걸 알게 해 줬다. 가끔 한 번씩 기지개 같은 걸 켜면서 바보 아들이 그런 소리를 냈다. 화장실에는 예상대로 아무도 없었다.

"없네요."

"또 갔네."

"자주 와요?"

"응, 요새 자주 와."

"아는 아이예요?"

"몰라. 나도 몰라."

강하게 부인하면서 노인은 고개를 저었다. 체머리를 흔드는 것 같았다. 그러고는 내가 보는 앞에서 엉덩이를 까더니 변기에 앉았다.

"가시나가 자꾸 와서 똥간을 가로막고 비키지를 않으니까 내 똥구멍이 막힐라 그래."

노인은 나를 앞에 앉혀 두고 한참이나 볼일을 봤다. 벌거벗은 몸을 마주 보고 있기는 그래서 나는 고개를 옆으로 돌렸다. 안방이 보였다. 단출한 살림이었다. 필요한 최소한의 가구만 있는 정도가 아니라 거의 빈집처럼 보였다. TV와 TV 서랍장, 한 자 반 정도 되는 옷장이 전부였다. 서랍장 위에 지갑이 있었다. 두둑한 지갑이었다. 내가 노인을 지키는 동안 잠자리를 봐 드리겠다며 넉살 좋게 안방으로 들어간 남편이 노인 몰래 지갑을 열어 보였다. 지폐가 가득 들어 있었다. 남편은 지폐 몇 장을 꺼내 주머니에 넣었다. 내가 깜짝 놀라자 소리는 내지 않고 입으로만 말했다. 쉿. 시간 외 수당. 그리고 생각난 듯 지폐 몇 장을 더 꺼냈다. 이건 야간 특별 수당. 그렇게 따지면 도둑질은 아니었다. 일종의 수고비였다. 스스로 계산했을 뿐이었다. 노인들이 갑자기 앓거나 다치면 남편은 바로 그 자식들에게 연락을 했다. 대부분 자식들은 병세나 부상이 심하지 않으면 약간의 수고비를 더 주고 남편에게 바라지를 부탁했다. 남편이 난색을 표하면 수고비가 조금 올라갔다. 심각한 정도면 알아서 병원이나 요양원으로 옮겼다. 하지만 501호 노인은 경우가 달랐다. 노인에게 무슨 일이 생기더라도 고위 공무원이라는 아들이 연락하지 않으면 그동안 노인을 돌보는 건 우리 일이었다. 그 생각을 하니 몇 장을 더 가져도 괜찮을 것 같았다. 나는 처음으로 남편에게 미소를 보냈다. 그래, 이건 '우리' 일이었다.

그게 시작이었다. 그날 이후로 깊은 밤 501호 노인이 벨을 누르기 시작했다. 내용은 늘 같았다. 웬 여자애가 화장실을 지키고 서서 비키지를 않는다는 거였다. 처음에는 일주일에 한 번이다가 나흘에 한 번, 이틀에 한 번이 되더니 밤마다 벨을 눌렀다. 내 손을 잡아끌었고, 화장실 앞에 나를 앉혀 놓고 볼일을 보았다. 그러면서 노인은 다 자기 잘못이라며 울었다.

낮에는 아무 일도 없었다. 잠은 언제 자는지 노인은 평소처럼 가장 먼저 우리 집 현관문을 열었다. 지난밤의 일은 기억하지 못했다. 그저 늘 하던 대로 똥 타령이었다. 동시에 바보 아들에 대한 걱정이 눈에 띄게 늘었는데, 지금 생각해 보면 어미로서의 본능이었는지도 모르겠다.

하루는 고해성사하듯 이런 말도 했다.

"우리 막둥이가 열병 때문에 바보가 된 게 아냐. 똥독이지. 밤에 열이 자글자글 오르는데 병원이 있나, 병원비가 있나. 누가 그러더라고. 똥을 말갛게 삭혀서 먹이면 된다고. 서방이 똥지게 나르는 사람인데 똥이야 천지에 널린 게 똥이지. 온 동네 똥은 다 먹였나 봐. 그런데 약은 무슨, 그게 실은 독이더라고. 온 동네 독을 다 삼킨 거지. 그 가난한 동네에서 좋은 거나 먹고들 살았겠어. 산삼을 먹고 눠도 똥은 똥인데, 쓰레기나 다름없는 것들 주워 먹던 몸들이 싸 댄 걸 지 속에 다 품었으니 독 아니래도 왜 탈이 안 나. 그래서 나는 우리 막둥이를 부처라고 생각해. 독을 품고도 용케 살았으니 그게 부처지, 달리 부천가. 그리고 그거 알아? 우리 막둥이를 끝으로 그 동네에서 아픈 애기가 없었어. 암만, 적어도 똥 먹고 아픈 사람은 없었어. 내가 똥지게를 팍 분질렀거든."

맥락도 근거도 없는 횡설수설을 노인은 눈물 바람을 해 가며 읊었다.

남편은 그런 노인을 보고 틀림없는 치매의 조짐이라고 했다. 내가 보기에도 그랬다. 변함없는 건 여전히 남편을 경원시하고 나만 찾는다는 것이었다. 노인은 졸지에 나의 유일한 고객이 되었다.

VIP 전담은 원래 많은 고객을 맡지 않아.

그런 말을 하며 남편은 내게 윙크를 했다. 나는 좀 당황했는데 엄마와 함께 살게 된 후 남편이 내게 그렇게 은밀하고 다정한 표정을 지은 것은 처음이었다. 그 신호는 엄마와 남편의 어떤 결합 속에 비로소 내가 포함되었다는 의미였다. 그걸 보고 마음이 놓이는 걸 보니 나는 그들이 함께 하는 일을 싫어했던 것이 아니라 그들의 결합을 질투하고 있던 건지도 모른다는 생각이 들었다. 그들의 연대는 밖에서 볼 때는 가난하고 불쌍한 노인들에 대한 착취 같더니 그 안에 함께 발을 디디고 보니 의외로 따뜻하고 포근한 봉사의 공동체였다. 생각해 보면 우리가 하는 일이 나쁜 일도 아니었다. 도움을 필요로 하는 사람들에게 도움을 주는 일종의 서비스업이었다. 수고에 대한 대가를 받긴 하지만 세상에 존재하는 그 많은 자선단체와 봉사자들도 나름의 후원금과 급여를 받고 있지 않나. 자선의 이름으로 개인의 영화를 누리려는 몰염치하고 부도덕한 사람들이 얼마나 많은가. 그들을 생각하면 우리의 노동과 수고는 정직하고 소박했다. 엄마가 반찬 가게에 납품하기 위해 채소와 생선을 다듬는 일과 다를 것도 없었다.

내가 501호 노인의 밤과 낮을 지키는 동안 남편은 고위 공무원 아들에게 전화가 걸려 오면 어느 선에서 협상을 하는 게 좋을지 궁리했다. 노인의 상태를 너무 과장하면 노인을 자신들의 집으로 모셔 가거나 다른 시설로 옮길지도 몰랐다. 그렇다고 상황을 너무 가볍게 말하면 귀담아듣지 않을 터였다. 501호 아들의 전화는 자주

오지 않았고, 통화도 늘 짧았다. 다음을 기약하지 말고 언제고 전화가 오는 순간 바로 우리가 원하는 것을 얻어 내야 했다. 그러기 위해서 남편은 어떤 말이 가장 효과적일 것인가 그 어느 때보다 오래, 그리고 진지하게 고민했다. 마치 한순간도 실패해서는 안 되는 전투를 앞둔 병사 같았다. 집 안 공기가 일촉즉발의 전운으로 팽팽해졌는데 신기하게도 그런 긴장감 때문에 우리의 내부는 오히려 평화로워졌다. 남편과 엄마가 편을 먹고, 그 반대편에 내가 서 있는 듯하던 묘한 어색함이 순식간에 사라진 것이다.

기분이 좋아진 엄마는 남편과 장을 보러 가서는 고기도 사고 토마토도 샀다. 토마토는 무려 세 상자나 샀다. 누가 이렇게 토마토를 많이 먹느냐고 구시렁대자 엄마는 토마토가 당뇨에도 좋고, 혈압에도 좋고, 노화에도 좋으니 많이 먹어 둬야 한다고 했다. 특히 노화에 좋다는 말에 힘을 주었다. 노인을 돌보기 위해서는 우리가 노인이 되면 안 됐다. 남편과 나는 젊었다. 그런 질환의 조짐을 보이는 사람은 세 사람 중 엄마뿐이었다. 당뇨나 혈압 같은 노인성 질환이 현대인의 만성질환임을 감안하면 남편과 나도 잠재적으로는 환자일지 몰랐다. 그렇더라도 세 상자는 너무 많았다. 푸르고 단단한 토마토를 사 왔어도 먹다 보면 금세 빨갛게 익을 텐데, 엄마가 사 온 토마토는 이미 익을 대로 익어서 터질 것만 같은 완숙 토마토였다. 먹는 속도보다 상하는 속도가 더 빠를 것 같았다. 냉장고는 반찬 가게에 보내야 할 재료들로 이미 꽉 차서 토마토 따위 비집고 들어갈 틈도 없었다. 더운 바람이 지나간 계절인 것이 다행이라면 다행이었다.

엄마의 장단에 적절한 추임새를 넣은 사람은 이번에도 남편이었다. 이까짓 토마토 먹자고 들면 순식간이다, 두고 봐라 하더니 보란 듯이 토마토로 요리를 하기 시작했다. 샐러드도 만들고, 브로콜리와 버섯 같은 채소를 넣어 함께 볶기도 하고, 양파와 함께 잘게 다져서 소금, 설탕, 후추, 레몬즙에 절인 후 빵과 곁들여 내기도 했다. 끓는 물에 데쳐 껍질을 벗기고 뭉근하게 끓여 만든 소스로 피자와 스파게티도 만들었는데, 스파게티를 제외하고는 대부분 엄마 입에도 맞았다. 가끔은 생으로 먹기도 했다. 엄마는 토마토 알레르기가 있었다. 먹어서 탈이 나는 일은 없지만 생즙이 피부에 닿으면 붉고 가려운 부스럼이 올라왔다. 그마저도 엄마는 즐거워했다.

501호 노인과 바보 아들도 우리의 만찬에 함께했다. 노인의 증세는 빠르게 악화되었다. 노인은 더 이상 남편을 경계하지 않았다. 오히려 남편을 종종 제 아들로 착각했고 여전히 밤마다 화장실에 가시나가 찾아왔다며 우리 집 벨을 눌렀다. 어느 날에는 하루 종일 사라져서 우리를 기겁하게 만들었는데, 엘리베이터 문을 자기 집 현관으로 착각한 노인이 그 안에 들어가 빠져나오지 못한 것이었다. 하루 종일 찾아 헤맨 노인을 엘리베이터에서 발견했을 때의 허탈함이라니. 치매가 시작된 노인을 돌보는 일은 쉽지 않았다. 기다리던 아들의 전화는 오지 않아도 수고비만은 꼬박꼬박 입금되고 있으니 견딜 만하다던 남편도 엘리베이터 사건 이후 부쩍 예민해졌다. 전화가 오기 전에 무슨 사고가 날까 다 함께 전전긍긍하느라 다른 노인들은 돌볼 수도 없었다.

그런데 정작 사고는 엄마에게서 터졌다.

그날도 저녁을 먹고 TV를 보며 여느 날처럼 후식으로 토마토를 먹었다. 501호 노인과 아들도 웬일로 일찍부터 잠이 들었는지 찾아오지 않고 조용했다. 모처럼 세 사람에게 찾아온 평화였다. TV에 나오는 개그맨의 농담도 재미있었다. 토마토를 두 개쯤 먹었을 때 즙이 묻은 엄마의 입 주위가 붉게 부풀어 오르기 시작했다. 늘 있던 일이었다. 501호가 일찍 잠든 덕에 찾아온 해방감 탓일까. 그마저도 유쾌했다. 엄마는 알레르기 반응이 재밌다는 듯 깔깔대며 제법 많은 양의 토마토를 먹었다. 마치 처음으로 토마토를 먹는 사람처럼, 그 전 일주일 동안 먹었던 것은 토마토가 아닌 것처럼 달게 먹었다. 쉬지 않고 다섯 개 정도를 먹었던가. 배가 부르니 졸음이 쏟아진다며 엄마는 작은방으로 들어가 누웠다. 그 바람에 그날은 남편이 안방에서 잠을 잤다.

다음 날 해가 뜨고도 한참이 되도록 방에서 나오지 않는 엄마를 깨우러 들어가 보니 혼수상태였다. 입 주위에 거품을 토했는데 붉은 부스럼과 토마토 찌꺼기 때문에 꼭 피 같았다. 앰뷸런스를 타고 온 구조대원은 뇌출혈이 의심된다고 했다. 근처 병원 응급실을 거쳐 할 수 있는 모든 검사와 조치를 마치고 엄마는 중환자실로 옮겨졌다. 늦기 전에 수술을 해야 한다고 했다. 병원에서는 그것 말고는 더 이상 손쓸 방법이 없다 했지만, 우리는 돈이 없었다. 부탁할 이웃도 없었고 소문이 나는 건 더 곤란했다. 안 그래도 501호의 치매를 신경 쓰느라 다른 고객을 놓치면서 클레임이 들어오기 시작했다. 장부에서 빠져나간 이름이 한둘이 아니었다. 엄마마저 병원에 있다는 사실이 드러나면 나머지 이름도 다 지워질 수 있었다.

"501호 아들이 답이다. 사정 다 알면서도 돈 아까워 전화를 안 하는 거다. 좋아, 그러면 내가 먼저 전화 걸지, 뭐. 찾으려고 하면 못 찾을까. 고위 공직자나 되는 새끼가 치매 걸린 노모 변두리 임대 아파트에 버려 놓고 모른 척하는 거 언론에 까발린다고 할 거다. 아, 그 노인네 사진 찍어서 인터넷에 올릴까. 아니지, 일단 아들을 찾아서 흥정부터 하고."

중환자실 복도에 서서 남편은 흥분해 붉어진 얼굴로 목청을 높였다. 그것만이 그 상황에서 남편이 할 수 있는 유일한 위로였고, 남편이 찾을 수 있는 유일한 답이었다. 모아 놓은 돈 같은 게 있을 리 없었다. 쌀과 김치, 엄마가 다듬다 만 부식용 채소가 우리가 가진 전부였다.

수술도 하지 못하면서 엄마는 용케 버텼다. 그러나 의식은 돌아오지 않았다. 하루 두 번 정해진 시간에 면회를 하는 일밖에 할 수 있는 게 없었다. 그마저도 병원비가 쌓이면서 원무과 직원이 찾아올까 무서워 한 번씩 몰래 가야 했다. 그렇다고 병원에 엄마를 두고 집으로 갈 수는 없었다. 내가 병원에 있는 동안 남편은 진짜로 501호 아들을 찾아 나섰다. 우선 정부 기관이라는 기관마다 전화를 걸었다. 그리고 무작정 상관을 바꾸라고 했다. 당신의 상관이 우리 집에 모친을 버리고 갔다고, 그 모친이 지금 치매를 겪고 있다고 누가 들어도 미친놈 헛소리 같은 소리를 해 댔다. 이렇게 소문을 내는 것도 방법이라고 했다. 공직자 아들을 찾기 전에 501호 노인이 사라지거나 병들면 큰일이기 때문에 남편은 노인을 흔적이 남지 않는 줄로 묶어 두고 전국의 관공서를 직접 찾아가기도 했다. 남편은 번번이 입구에서 쫓겨났다. 바닷가에 떨어진 바늘을 찾는 게 더 빠를 것 같았다. 그런 어이없는 방법밖에 쓰지 못하면서 대체 뭘 믿는 건지 남편은 조만간 501호 아들이 찾아온다고 호언장담을 했다. 어이없더라도 믿을 수밖에 없었다.

그리고 며칠 후 정말로 501호 아들이 나타났다. 정

확하게는 아들이 보낸 사람이었다. 병원비 독촉을 하러 온 원무과 직원인 줄 알고 몸을 피하려는 내 앞을 가로막으며 그 사람이 말했다.

"어르신께서 보내셨습니다. 노부인께서 위독하시다는 이야기를 듣고 왔습니다."

아마도 뭔가 착오가 있는 모양이었다. 그 노부인은 지금 우리 집에 있다고 말하려는 순간 대리인이 내게 뭔가 내밀었다. 두툼한 봉투였다.

"그동안 수고하셨습니다. 적지만 성의입니다. 이제 저희가 모시겠습니다. 곧 수술도 할 거고 병실도 특실로 옮기게 될 겁니다."

그러면서 그는 내게 미소를 지어 보였다. 501호에 처음 가던 밤 남편이 내게 보였던 윙크와 닮은 미소였다. 수술도 하고 병실도 옮길 거라고 했다. 밀린 병원비는 이미 결제가 끝났다고 했다. 적다면서 보인 성의는 이제껏 만져 본 어떤 봉투보다 두꺼웠다. 그러니까 쉿, 남자의 미소가 내게 그렇게 말했다. 그렇지만이라는 말이 입 밖으로 나오지 않았다. 그가 무얼 어떻게 잘못 아는지 모르지만, 아니 어쩌면 모든 걸 다 알면서 뭔가 음모를 꾸미려고 하는 것인지도 모르지만 어쨌거나 지금 이 순간 나만 아무 말 안 하면 엄마는 수술을 받을 수 있을 터였다. 남자가 쥐여 준 봉투는 두꺼웠지만 수술과 치료를 감당할 정도는 아니었다. 그러니까 쉿, 나도 남자를 따라 어색하게 웃었다. 일단 수술부터 하고, 일단 치료부터 하고, 그다음에 어르신이라는 아들을 찾아 진실을 전한다 해도 우리가 그동안 치매를 앓는 노모에게 보인 성의를 생각하면 크게 화를 내지는 않을 거라고 생각했다. 나는 501호 아들의 대리인에게 엄마를 맡기고는 인사도 하지 못하고 병원을 떠났다.

남편은 내가 벌인 일을 듣고 잠시 아무 말도 못 했다. 예상 못 했던 전개에 크게 당황한 눈치였다. 겨우 정신을 차리더니 더듬더듬 말했다. 그러니까 그, 그 돈에 네 엄마를 판 거야? 그러더니 이내 정신을 수습하고는 소리를 질렀다. 팔려면 제대로 팔아야지! 그게 아니라고 설명했지만 정말 그게 아닌 건지 자신할 수는 없었다. 남편은 이대로는 안 된다고, 저들은 네 엄마를 훔쳐 가는 것이라고, 지금 바로잡지 않으면 안 된다고, 돈을 제대로 받든가 저 바보 아들과 미친 노인네를 정확하게 인계해 주든가 해야 한다고 다급한 목소리로 말하더니 그두 사람을 택시에 태워 병원으로 달려갔다.

그리고 몇 시간 뒤 남편은 경찰차를 타고 돌아왔다. 미친 노인과 바보 아들도 함께 돌아왔다. 남편을 데려온 경찰은 남편이 벌인 소동을 생각하면 당장 체포 구금해야 하지만 어르신이 특별히 부탁해서 훈방 조치하는 거라며 병원 근처에 접근하면 당장 감방에 처넣겠다고 엄포를 놓았다. 보아하니 어미 정신도 온전치 않은 듯한데 늙고 병들었다고 가족을 그렇게 함부로 버리고 그러면 안 된다며, 그것도 어디 감히 어르신을 상대로 사기를 치려 드느냐며 혀도 찼다.

언어맞아서 퉁퉁 부은 얼굴로 남편이 우는지 웃는지 알 수 없는 소리를 냈다. 그런 남편을 안쓰럽게 바라보며 501호 노인이 말했다.

"아가, 아프지 말아. 그까짓 거 똥물 말갛게 우려 사흘만 먹으면 딱 나아."

다음날 엄마가 병원에서 사라졌다. 수술을 했다는 이야기는 없었다. VIP 전용 병동에도 보이지 않았다. 원무과에서도 의사도 누구도 엄마에 대해 대답하지 않았다. 살 가망 없는 양반이라 집으로 모셔 간 것 같다고 누군가 떠도는 풍문을 읊듯 말했지만 그게 엄마 이야기인지 다른 환자 이야기인지 알 수 없었다. 그래서 나는 병원을 떠날 수 없었다.

내가 병원을 헤매는 동안 남편은 또 어르신을 찾으러 다녔다. 501호에게서 입금되던 수고비는 더 이상 입금되지 않았다. 늘 두둑하던 501호의 지갑이 텅 비었다. 행운은 어쩌다 한 번 오는데 불행은 늘 같이 온다. 그날 이후 우리에게 찾아온 불행이 그랬다. 돈을 받을 수 없다면 사람이라도 돌려줘야 한다며 남편이 어르신을 찾아 거리를 헤매는 동안 우리에게 남은 고객을 다 잃었고,

손질하지 않아 시들어 버린 부식값을 반찬 가게에 물어 내야 했고, 엄마의 임대 아파트는 알고 보니 월세였다.

501호 모자는 아예 우리 집에 와서 살았다. 남편은 몇 번이나 그들을 내보내려 했으나 실패했다. 오히려 501호가 폐쇄되는 일이 생겼다. 현관문이 잠겼고, 누구도 열지 못했으며, 관리 사무소는 문을 열어 달라는 우리의 요구를 묵살했다. 501호의 입주자와 계약이 만료되어 조만간 새로운 사람이 이사 올 것이라고만 했다. 소장은 501호 모자를 보고도 모른 체했다. 소장뿐 아니었다. 하루에도 여러 번 문턱이 닳도록 드나들던 그 많은 사람들 중 누구도 501호에 대해 증언하지 않았다. 허구한 날 복도를 배회하던 바보 아들도 우리 집에 들어온 후 밖으로 나가려 들지 않았다. 좁은 방을 맴돌며 냉장고를 열고 그 안에 든 쌀이며 김치를 퍼먹었다. 저것들 좀 치우라고 화를 내던 남편은 어느 날 501호 모자를 줄에 묶어 작은방에 가뒀다. 나는 작은방 구석에 배변 패드용 신문지를 두껍게 쌓아 놓고 하루에 한 번 큰 밥그릇에 이것저것 섞은 음식을 작은방에 밀어 넣었다. 살았으니 먹을 것이고, 먹었으니 쌀 것이다. 먹을 건 줄 수 있는데 대소변까지 치울 수는 없었다. 밥을 먹고 똥을 누든, 똥을 먹고 밥을 싸든 그들이 알아서 할 일이었다.

그 와중에도 남편은 501호의 아들을 찾는 일을 멈추지 않았는데, 드디어 어르신을 찾은 것 같다고 남편이 흥분했던 날 언젠가 병원에서 만났던 대리인이 나타났다. 그는 아무 말도 하지 않았다. 대신 얇은 봉투 하나를 주고 내가 병원에서 보았던 그 미소만 남편에게 보여 주었을 뿐이다. 그 봉투를 열던 남편의 표정을 어떻게 설명해야 할까. 언젠가 보았던 표정이었다. 회사 사정이 어렵다며 즉석식품으로 월급을 대신 받아 오던 날이던가, 아니 우리가 엄마 집으로 도망쳐 오던 날이던가. 망연하고 망연해서 무연해진 그런 표정.

그날 저녁 남편은 이제 그만 우리도 떠나는 게 좋겠다고 말했다. 냉장고도 정리할 겸 모처럼 제대로 된 음식을 만들어 주겠다고 했다. 그러면서 남아 있던 토마토를 모두 꺼내 손질하더니 냄비에 담았다. 가스레인지 위에 올린 냄비를 천천히 저으며 남편이 말했다.

"러시아를 배경으로 한 소설이었던 거 같아. 아니, 소련이었나."

납품하지 못한 부식들, 당근과 감자와 호박과 소고기와 고추가 토마토와 함께 끓었다. 알싸하면서도 달콤한 냄새가 집 안 가득 퍼졌다.

"주인공 남자가 탈출을 시도해. 폭정과 가난을 피하려는 거지. 겨울이었어. 남자는 산을 타고 가기로 해. 그러다 길을 잃어. 눈도 내리지. 몸도 젖고, 길은 없고, 길은 없는데 배는 고프고. 추위와 허기와 두려움 속에서 남자는 이 음식을 생각해. 굴라시. 뜨겁고 매운 스튜를 먹는 상상을 하는 거지. 마치 그 음식을 먹기 위해 탈출한 것처럼 온몸의 신경을 그 음식의 맛과 온기에 집중하지. 그 묘사가 얼마나 뜨겁고 강렬했겠어. 그걸 읽으면서 나중에 요리사가 되면 제일 먼저 굴라시를 만들어 보고 싶다는 생각이 들더라고."

마침내 남편이 내놓은 굴라시는 정말로 뜨겁고 진하고 매콤하고 걸쭉했다. 뭔가 익숙한 맛이었다. 대리인이 주고 간 봉투에는 신문에서 오려 낸 여러 장의 부고가 들어 있었다. 모두 어르신, 501호 아들의 모친상을 알리는 부고였다. 발인은 내일이었다. 남편 말대로 떠나긴 떠나야 했다. 어디로 가야 할지 얼마나 가야 할지 모르니 속을 든든하게 채워 놓는 게 좋을 것이다. 나는 그 뜨거운 것을 허겁지겁 목구멍으로 넘기며 춥고 눈 내리는 산에서 길을 잃었다는 소설 속 남자를 생각했다. 소고기와 매운 고추를 가득 넣고 진하게 오래 끓여서인지 굴라시는 토마토를 넣은 육개장 맛과 비슷했다. 남자는 결국 길을 찾았을까. 그래서 결국에는 이렇게 맛있고, 이렇게 따뜻한 스튜를 먹을 수 있었을까. 부디 그러했기를. 그릇에 고개를 파묻고 쉼 없이 스튜를 퍼먹으면서 나는 바라고 또 바랐다.

고기 국물 냄새를 맡고 울부짖는 작은방 짐승들의 소리는 들리지 않았다.

으라차차 할머니

할머니는 기생이고, 나는 쌍둥이다. 그것도 쌈.

"싸암? 뭔 쌈. 상추쌈, 배추쌈? 아나, 풀을 뜯어 먹어라."

엄마가 말한다. 한 손으로는 솥단지를 휘휘 젓는다. 솥 안에는 용암처럼 시뻘건 육개장이 끓고 있다.

"맞아. 한 뿌리에서 갈라진 채소처럼 몸 붙어 나온 쌍둥이. 그게 나야."

"듣기도 흉하다. 난 쌍둥이 낳은 적 없다."

엄마가 젓던 육개장 국물이 밖으로 조금 튄다.

"거짓말."

들었는지 못 들었는지 대꾸 없는 엄마 대신 언니들이 지절거린다.

"그런 적 없다. 우리가 장담한다. 너 태어날 때 우리 둘이 방에서 지키고 있었다."

"그래, 혼자서 쑥 나오더라."

정말 쌍둥이처럼 생긴 다섯 살, 여섯 살 터울의 언니들이다.

"무슨. 엄마가 나 낳을 때 달랑거리며 몸 붙어 나오는 거 보고 언니 둘이 놀라서 홀랑 기절했잖아."

"기절이 아니라 기함을 했다. 예정일은 한참 남았는데 아랫배가 더부룩해서 방귀나 한번 뀌려고 힘주니까 네가 튀어나오더라. 그걸 보고 얼마나 놀랐던지 느이 언니 둘이 손 붙잡고 대성통곡하며 울었다. 언제 애 낳는 걸 봤어야지. 나오고 있는 핏덩이랑 진즉 나와서 머리에 피가 꾸덕꾸덕 마른 지 오래된 애들이랑 동시에 어찌나 크게 우는지 담 너머 집에서는 여러 쌍둥이 낳은 줄 알았다더라."

"거봐, 쌍둥이를 낳았다니까."

"우리가 같이 울어 그런 거라잖아. 그리고 네 말대로 둘이라 치자. 나머지 한 명은 어디로 갔니?"

"여기 있잖아. 이 안에."

나는 자신만만하게 몸을 돌려 낙타처럼 불룩하게 솟은 등을 보인다.

"네가 무슨 유행가 가사니? 네 안에 네가 있게."

"봐 봐, 여기 꺼멓게 머리도 있잖아."

"그게 어째 머리니. 불에 덴 흉터지."

"화상 아냐, 머리야."

"하기야 화상은 네가 화상이다."

"아니, 나는 쌍둥이야. 그것도 샴. 할머니는 기생이고."

텅텅, 더 이상 못 참겠다는 듯 엄마가 국자로 곰솥을 두드린다.

"시끄럽다. 노인네 귀 사나워 일어나겠다. 기생은 무슨 얼어 죽을 기생이냐. 생긴 꼴이 사나워 남자 구경이라곤 해 본 적도 없는 양반이다."

쿵, 오그려 쥔 엄마의 주먹이 내 머리에 떨어진다. 별똥별이 순간 반짝, 떴다 사라진다. 아파서 눈물을 찔끔 흘리는 나를 언니들이 모른 척 외면한다. 내 편이라고는 할머니뿐인데 할머니도 나를 편들고 말고 할 상황이 아니다. 꼼짝도 않고 누워만 있다. 당연하다. 할머니는 조금 전에 죽었으니까. 눈물을 찔끔 흘리며 나는 할머니를 힐끔 쳐다본다. 죽어 있는 할머니는 이상하지 않은데 누워 있는 할머니는 이상하다.

나는 한 번도 할머니가 똑바로 누워 있는 모습을 본 적이 없다. 할머니는 꼽추다. 꼽추는 대부분 다 그렇다. 굽은 등 때문에 똑바로 누울 수 없고, 구부러진 뼈로 인해 가슴 주위의 뼈가 원통형으로 도드라지기 때문에 옆으로 눕는 것도 쉽지 않다. 때문에 쉬거나 자려면 어딘가에 비스듬히 몸을 기대야 한다.

그런데 할머니는 지금 대나무보다 꼿꼿하게 누워 있다. 평생을 굽어 살아도 결국에는 저렇게 반듯해지는 게 죽음인가. 죽은 꼽추 이야기를 들은 적이 없어 원래 다 그런 건지, 할머니만 그런 건지는 모르겠다. 아니면 할머니 말대로 사실 할머니는 꼽추가 아니었던 걸까. 할머니가 꼽추가 아니라면 내가 쌍둥이가 아닐 까닭이 없다. 할머니를 보며 나는 다짐하듯 고개를 주억거린다. 그렇더라도 이제 정말 세상에 혼자 남은 기분은 어쩔 수 없다. 외롭지 않다, 나는 쌍둥이니까, 나 자체로 이미 둘이니까 중얼거리지만 나 말고 내 안에 또 있다는 다른 마음이 하는 말은 들어 본 적도 느껴 본 적도 없다. 죽어서 반듯해진 할머니처럼 나도 그 후에라야 비로소 또 하나의 나와 마주할 수 있을런가.

*

할머니가 죽었다. 오늘 새벽에 죽었다. 아니 오래전 새벽인가. 벌써 기억이 희미하다. 새벽에 떠난 것만은 분명하다. 떠나기 전에 나를 깨웠다. 자고 있을 때면 세상이 무너진대도 모르는 나를 일부러 깨워 놓고 할머니가 말했다.

"아가, 나 간다."

자다 말고 무슨 날벼락인가 싶어 멀뚱멀뚱 할머니 얼굴을 쳐다봤다. 뜬금없이 간다 하더니 어디 소풍이라도 간다는 말이었는지 발갛게 상기된 얼굴이었다. 석 달 넘게 시름시름 앓던 사람 같지 않았다. 눈도 초롱초롱 했다.

"어딜?"

"내 갈 데가 저세상 말고 또 있나."

그제야 무슨 말인지 감이 왔다. 좀체 앓는 법 없던 양반이 약한 감기로 눕더니 영 못 일어나기에 혹시나 어쩌면 하고 마음속으로는 조금씩 준비를 했었다. 그렇더라도 좀 뜻밖이었다. 시계를 보니 자정이 조금 넘은 시각이었다.

"언제?"

"지금 가면 네가 무서울 테니까 이따 새벽에 갈란다. 그리 알고 있어라."

"……."

"서운하냐?"

"시원하네."

말은 그렇게 해 놓고 나도 모르게 고개가 푹 떨어졌다. 마음 밑바닥에 거친 모래 같은 것이 차르르 내려앉았다. 할머니는 그럴 줄 알았다는 듯 흐물흐물 웃더니 물었다.

"뭐 하나 주고 갈까?"

"뭐를?"

대답 대신 할머니는 깔고 앉은 요 밑에 손을 넣어 뒤적거리기 시작했다. 제법 귀한 물건을 숨긴 표정으로 한참 동안 이불 속을 더듬기에 모아 둔 쌈짓돈이라도 유산 삼아 주고 가려나 했더니 마침내 할머니가 꺼내 보인 것은 낡고 두툼한 공책이었다. 돈과는 전혀 상관없어 보이는 물건이었다. 그 안에 돈을 숨겼을 것 같지도 않고, 팔아서 돈이 될 물건 같지도 않았다. 그저 두껍기만 두꺼웠다. 저리 두꺼운 것이 어떻게 이불 속에 흔적도 없이 납작하게 엎드려 있었을까 놀라울 만큼 두꺼웠다. 할머니는 자랑스레 그걸 내게 내밀었다. 제법 묵직했다. 눈으로 보기에는 금세라도 바스라질 것 같은데 손에 닿는 감촉이 제법 단단했다. 그렇지만 역시 낡기는 무척 낡았다. 누렇게 뜨고 바랜 것도 모자라 냄새까지 쿰쿰했다.

"이게 뭐야?"

"이야기다."

"뭔 이야기."

"내 이야기."

그래 놓고 할머니는 멋쩍은 듯 씩 웃더니 변명처럼 덧붙였다.

"말하지 않던. 나 살아온 거 적으면 소설이 여러 권이라고."

"그래서 소설?"

"소설이라면 소설이고, 역사라면 역사고, 위인전이라면 또 위인전이지."

위인은 무슨. 입을 삐죽이며 공책을 펼쳐 보니 워낙 명필이라 면 서기가 울고 갔다던 할머니의 글씨가 시원시원하게 춤을 추고 있었다. 첫 문장이 내 이름은 김순녀로 시작했다.

"이거는 왜 주는데?"

"아깝잖아."

"뭐가?"

"김순녀 여사 90년을 살았는데 아무도 모르면 허망해서."

"모르면 어때서."

"산천초목도 그만큼 나이를 먹으면 피고 진 흔적이 남는데 사람으로 태어나 살고 지면서 들고 난 흔적도 없으면 도리가 아니다."

"이런 거 적어 둔다고 누가 읽나?"

"안 읽어 볼 거냐."

"나야 안 읽어도 김순녀 여사 90년 생애 다 알잖아."

"그러긴 해도 너는 머리가 나쁘잖아."

"적당히 잊는 게 흔적만 남기기에는 딱 좋지."

"머리는 나쁘고 입은 여물고."

"정말 갈 거야? 오늘?"

당연하다는 듯 할머니가 힘차게 고개를 끄덕거렸다.

"가는 거 봐 줄까?"

"동틀려면 아직 멀었으니까 눈이나 좀 더 붙여."

"오밤중에 사람 깨워서 갈 거라고 말해 놓고 잠은 무슨 잠."

그 말에 할머니가 웃었다. 그러더니 다소 미안하고 멋쩍은 표정으로 중얼거렸다.

"더 재우다 갈 즈음에나 깨울 걸 그랬다."

그러고는 피곤한 듯 벽에 쌓아 놓은 베개에 가만히 몸을 기댔다. 나도 따라 그 옆에 몸을 기댔다. 솜을 잔뜩 넣은 베개를 세 개나 포개어 놓고 할머니는 그것을 등받이 겸 베개로 삼았다. 그것은 또한 내 등받이이자 베개이기도 했다. 할머니도 나처럼 등이 굽었고, 나도 할머니처럼 등이 솟았다. 우리는 언제나 푹신한 베개 더미에 나란히 기대어 쉬거나 잠을 잤다. 마치 넓은 사막에서 만난 외봉 낙타 두 마리처럼 다정해 보였지만 사실 다정하지는 않았다. 할머니와 나는 오랫동안 서로를 미워하거나 구박하거나 증오했다. 그런데도 결국 이렇게 둘만 남았다. 우리는 서로 미워했지만 다른 사람은 우리에게 아예 무관심했다.

잠은 오지 않고 할머니가 갈 때까지 딱히 할 일도 없어 시간이나 때울 요량으로 할머니가 준 공책을 펼쳤다. 글씨는 시원시원하고 힘찬 것이 명필이었지만 명문은 아니었다. 그래도 어렵고 까다로운 말이 없어 읽히기는 술술 읽혔다. 별 내용이 없기 때문인지도 몰랐다. 태어나고 자라고 사랑하고 이별하고 뭐 그런 뻔한 이야기들을 장황하게 늘어놓은 것에 불과했다. 두껍기도 두껍고 길기도 길더니 읽기는 순간이었다. 내가 알던 이야기도 있고, 모르던 이야기도 있었다. 빠진 이야기도 있었고, 지어낸 이야기도 있었다. 어쨌거나 분명한 건 공책 속에 적힌 할머니의 삶은 실제 할머니의 삶과 달라도 많이 다르다는 거다. 대충 이런 식이었다.

내 이름은 김순녀, 1920년 충남 서산 김 부잣집 무남독녀 외동딸로 태어났다. 일찍이 머리가 총명하고 외모가 수려하여 근방에서 서산 김 부잣집 외동딸이라고 하면 모르는 사람이 없었다. 자고로 딸은 교육시키지 않는 시대였으나 소학교 졸업 후 저 혼자 준비한 공부로 서울에 있는 명문 여중 입시에 덜컥 합격하여 유학의 길을 텄다. 중학교 내내 수석은 도맡았고 명문 여고 또한 우수한 성적으로 입학하고 졸업하였다. 몸이 병약하였고, 유학 초기에는 시골뜨기 촌뜨기라고 동무들에게 놀림도 받았으나 시험 때마다 1등을 도맡자 나중에는 말이라도 섞어 보려고 줄을 서는 동무들이 숱했다.

여기까지는 대충 내가 아는 할머니와 비슷했다. 하지

만 역시 몇 가지가 달랐다. 일단 할머니는 부잣집 딸이 아니었다. 크게 밥을 굶을 정도는 아니었으나 학교는 언감생심인 형편이었다. 그럼에도 소학교에는 다닐 수 있었는데 성치 않은 몸에 대한 부모의 측은지심 덕분이었다. 몸은 불구여도 머리가 총명한 줄은 알았지만 막상 학교에 보내 놓고 보니 생각 이상으로 뛰어났다. 그리고 그렇게 뛰어난 줄 누구보다 할머니 자신이 가장 잘 알았다. 할머니는 어느 해 추수가 끝난 후 소작을 갚기 위해 준비한 돈을 보따리로 훔쳐 그대로 서울로 줄행랑을 쳤다. 그리고 그 돈으로 누가 잡으러 올세라 얼른 학교에 입학했다. 교우 관계는 잘 모르겠다. 어쨌거나 기본 줄거리는 사실이었지만 구체적인 정황은 윤색의 흔적이 역력했다. 하지만 다음 대목에 펼쳐진 허풍과 견주면 그 정도의 윤색은 애교에 불과했다. 스스로를 일컬으며 '여사'라는 호칭을 갖다 붙인 것부터가 그러하다.

명문 여고를 졸업한 김순녀 여사는 교사가 되고자 하였으나 몸이 병약하여 하루 종일 교단에 서 있기 어려울 듯하다는 이유로 학교로부터 번번이 거절을 당하였다. 뜻을 굽히지 않고 소학교부터 교회나 절에서 운영하는, 형편이 어려운 아이들에게 글자나 가르쳐 줄 요량으로 세운 곳까지 두루 알아보았으나 구지부득이었다. 상심이 컸던 김순녀 여사는 일단 고향으로 돌아왔는데, 그곳에서 학생들을 가르치는 일 못지않게 머리로 애국하고 이름을 높이는 길을 찾았으니 바로 김순녀 여사의 재주를 아까워한 동네 유지들의 탄원에 힘입어 관청에서 일을 하게 된 것이다. 참으로 인생사 새옹지마였다. 원래 위인은 고향에서는 알아보지 못하는 법인데 김순녀 여사에게는 이토록 살뜰한 어르신들의 은혜가 있었으니 김순녀 여사는 고향을 부흥시키는 데 이 한 몸 아끼지 않으리라 다짐하고 또 다짐하였다. 몸은 약했지만 머리가 좋고 수완이 남다른 데다 이런 투지까지 갖추었으니 김순녀 여사를 향한 어른들의 신망은 나날이 높아져만 갔다.

허나 운명은 또 한 번의 위기를 준비하였으니 바로 전쟁이었다. 팔도를 삼킨 전쟁은 사람들의 고운 심성마저 짓밟아 보릿고개마다 사방 100리 김순녀 여사 집의 곳간에서 푼 곡식을 받지 아니한 사람이 없었음에도 끝내 그 아비를 악덕 지주로 몰아 멍석말이를 하였다. 절체절명의 위기에서 겨우 빠져나온 김순녀 여사는 혹여 누군가 지주의 외동딸임을 알아볼세라 어린 시절부터 키우던 마당의 개 한 마리가 혼자 가지 말아라 안타까이 꼬리 흔드는 것마저 호랑이 새끼 보듯 경계하며 사납게 떼어 놓고는 남으로 남으로 하염없이 내려갔다.

집안은 망하고 전쟁은 계속되었지만 봄이 오면 꽃

이 피듯 김순녀 여사도 만개하기 시작하였으니 출중한 외모는 물론이거니와 남다른 교양과 학식, 공무원 생활을 통해 익힌 넓은 식견이 어우러져 어디 가나 낭중지추라 벌통에 벌 나비 모여들 듯 사람들이 꼬였다. 그들의 도움으로 김순녀 여사는 새로운 일을 시작하게 되었는데, 지체 높고 고상한 이들이 서로 사교를 나누며 암울한 현실을 극복하고 미래를 개척할 수 있는 장소를 마련하는 것이었다. 다과는 기본이요 술과 음식과 더불어 간단한 여흥도 즐길 수 있었으니 일종의 비즈니스 레스토랑과 같은 것이라고 보면 무방했다.

나는 읽다 말고 몇 번이나 피식 웃었다. 소설이라면 소설이고 위인전이라면 위인전이라더니 지어도 너무 지어냈고, 꾸며도 너무 꾸몄다. 허풍과 젠 체는 이루 말할 수가 없었다.

이 또한 진실을 밝히자면 이렇다. 할머니가 교사가 되지 못했던 건 불구 때문이었다. 성적을 보고 찾았던 학교마다 병신이 무슨 선생이냐며 노골적인 냉대를 서슴지 않았다. 할 수 없이 고향으로 돌아온 할머니는 읽고 쓰기에 능하다는 소문 하나로 관공서에서 서류를 옮겨 적는 일을 하게 되었는데, 그나마도 남들 안 보이는 구석 자리에 숨어서 하는 일이었다.

전쟁 중에 부모를 잃은 것은 사실이었다. 부잣집 딸

이라는 말 자체가 거짓이니 악덕 지주로 몰릴 일은 당연히 없었다. 사람과 전혀 무관하게 폭격 때문에 그리되었다. 홀로 살아남아 남쪽으로 피난을 간 할머니는 한동안 거지로 살았다. 전쟁으로 몸이고 마음이고 죄 피폐하고 신산해진 사람들은 할머니의 불구를 대놓고 조롱하거나 재수 없다 내치기 일쑤였다.

빌어먹는 생활도 쉽지 않았다. 거지 패에서도 받아주지 않았고, 여자 홀로 다니는데 살갑게 말 붙이는 이도 몹쓸 마음으로 지분대는 이도 없었다. 외롭고 고단한데 죽겠다는 마음은 들지 않았다. 살 만할 때는 죽고 싶다가도 정말 죽을 것 같은 상황에 처하면 살고 싶은 것이 사람 마음이었다. 굶어 죽기 직전의 몸으로 밥 냄새에 홀려 어딘지도 모르고 들어간 곳이 기생집이었다. 마침 몇몇 기생들이 동백기름 곱게 바른 머리 맞대고 편지하나를 읽는 중이었는데 한자 일색이라 제대로 읽는 이가 없었다. 기생집 손님들 중 더러 양반 놀이 하는 이들이 있는 모양이었다. 머리 좋고 똑똑한 거 자랑하는 일이라면 누던 똥도 끊고 나오는 성정인지라 할머니는 다죽게 생긴 와중에도 글 모르는 기생들이 붙잡고 있는 편지를 가로채 술술 읽어 주었다. 그날부터 그것이 밥이되고 돈이 되었다. 글 모르는 기생들 대신 편지도 읽어주고 답문도 써 주는 대가로 찬밥 덩이나 얻어먹게 되면서 피란살이에 겨우 목숨을 붙일 수 있었다는 이야기를 내게 직접 들려준 사람이 바로 할머니였다.

할머니와 살고부터 나는 날마다 "김순녀 인생 90년 생애 어떻게 살았는고 하니." 하는 이야기를 귀에 딱지가 앉도록 들었다. 하도 들어 어떤 날은 내가 90년이나 산 김순녀 여사 같았다. 그래 놓고 정작 공책에 적어 놓은 김순녀 여사는 비슷한 설정이 일부 있으되 전혀 다른 인물이었다.

할머니가 기록한 공책 속 주인공 김순녀는 정말 멋졌다. 적절한 신파와 자화자찬, 그리고 허세로 그려진 문장 어디에도 오갈 데 없이 처녀로 늙은 꼽추 노인네는 없었다. 비극도 고난도 그녀를 해칠 수는 없었다. 모진 인생과 극적으로 맞서 싸워 온 당차고 의연한 한 명의 여성이 존재할 뿐이었다.

대체 서로 다른 두 김순녀의 간극은 어디에서 비롯된 것일까. 노망이 났나. 공책 속에 파묻은 고개를 들어 눈치를 살폈더니 할머니는 멀뚱멀뚱 천장만 바라보고 있었다. 그간의 이야기가 거짓이든 공책에 쓴 이야기가 소설이든 어느 한쪽은 거짓이었다. 그리고 진실이 어느 쪽에 있든 분명한 것은 지금 이 순간 내 옆에 앉아 있는 김순녀 여사는 갈데없이 홀로 늙은 꼽추 노인네일 뿐이라는 사실이었다.

"허무하네."

"허무하지."

나는 그쯤에서 공책을 덮었다. 절반도 못 읽은 인생이 그러하니 나머지 인생은 더 읽지 않아도 알 것 같았다.

"다 거짓말이다."

"다 참말이다."

"사람이 죽을 때가 되면 참회도 하고 반성도 하고 아쉬워도 한다는데, 회고록이라고 이렇게 쓴 거 보니 할머니 가는 날 오늘 아니다."

"살아온 것도 인생이고, 살고 싶은 것도 인생이다."

"그건 꿈이다, 개꿈."

"원래 인생이 일장춘몽이다."

딴에는 맞는 말, 하지만 이렇게 길고 고된 꿈도 있나. 할머니가 살았던 시간을 생각하면 아득하다. 그 시간이 결국에는 내가 살게 될 시간 같아 몸서리쳐지는 날도 많다.

"우리 집에 오지 말지."

"너 보러 안 왔다. 내 딸 보러 왔지."

"딸은 무슨 딸. 낳지도 않아 놓고."

"기른 정이 더 무섭다."

"기르지도 않아 놓고."

"제 발로 뛰쳐나갔다. 그래서 머리 검은 짐승은 끝까지 거두는 게 아니라더라."

"머리 허옇게 와서 거뒀지. 검은 머리로 왔으면 말도 안 섞었을 거라고 하더라."

"누가 그리 말해?"

"엄마가."

"싸가지."

엄마와 할머니가 어떻게 만났는지는 모른다. 할머니와 엄마 모두 그 부분에서는 서로 질세라 수시로 말을 바꾸었다. 할머니가 한동네 살던 고아 계집을 거둔 게 엄마라고 하면, 엄마는 다 큰 다음에 오다가다 만난 늙은이가 당신 혼자 수양딸 운운해 가며 치대는 거라고 했다. 할머니가 엄마를 은인의 딸이라고 했다가 바람난 유부남의 전처 딸이라고 했다가 몹쓸 일을 당하고 낳은 아이라고 차례로 말을 바꾸면 엄마는 핏덩이일 때 버리고 간 어미라고 했다가 그 어미가 진 빚을 받아 내려는 빚쟁이라고 했다가 생판 처음 보는 미친 늙은이라고 했다.

호적으로 따져 보면 두 사람은 생판 남이었다. 그런데도 엄마는 할머니를 엄마라고 불렀다. 낳지도 기르지도 않은 사람이라면서 엄마라고 불렀다. 그 이유는 알 수 없지만 내가 아는 한 두 사람은 평생을 얽혀 있었다. 그늘 속에 숨었다 해가 뜨면 악착같이 따라붙는 그림자처럼 서로가 서로에게 평생을 드리워져 살았다. 그리고 엄마와 할머니의 악연인지 선연인지 알 수 없는 관계 속에 어느 순간 내가 있었다. 두 사람이 처음 어떻게 인연을 맺었든 나와 무관하지만 그것이 끝까지 계속된 것은 어쩌면 나 때문이었다. 내가 아니었다면 두 사람은 적당한 시기에 각자의 인생으로 흘러 들어가 모른 척 나머지 생을 살았을 수도 있다. 내가 태어나던 날 하필 할머니가 찾아오지 않았다면 말이다. 그리고 나도 지금과 전혀 다른 멀쩡한 몸으로 살고 있을 것이다.

*

내가 할머니를 처음 본 건 학교에 들어가기 전의 일이다. 다섯 살 혹은 일곱 살 정도였던 것 같다.

그때 우리는 버스 종점 근처 작은 기사 식당에 살았다. 외진 동네라서 버스 기사들만 손님으로 왔다. 그것도 버스 회사에서 자체적으로 운영하는 식당 밥에 물린 기사들만 가끔 왔다. 어쩌다 오는 기사들을 상대로 파는 밥만으로는 벌이가 시원치 않아 엄마는 출입문 옆에 반창을 달고 동네 아이들을 상대로 떡볶이나 튀김도 팔았다. 튀김이래 봤자 고구마와 식빵과 반찬에 쓰고 남은 버무리 채소를 튀긴 것이 전부였다. 나중에는 몇 가지 찌개와 볶음을 안주로 밤에 술도 팔았다. 그래도 큰 벌이는 되지 않았다. 식당 안쪽에는 작은 방이 하나 있어서 잠은 모두 그곳에서 잤다. 언니들은 학교에 다니고, 막일을 하는 아빠는 일거리를 찾아다니느라 집을 비우는 일이 잦았기 때문에 식당을 지키는 건 언제나 엄마와 나였다.

그해 여름, 엄마는 점심 장사 할 시간이 되면 식당 앞 고무 함지에 물을 채우고 나를 넣어 두었다. 앉으면 목까지 올라오는 깊은 함지였다. 혼자서 첨벙 물을 튀기며 노는 재미도 하루 이틀이라 나는 그 안에 들어가는 게 싫었지만 구멍가게 같은 식당이라도 혼자서 주방과 홀을 모두 봐야 하는 엄마로서는 손 바쁜 시간에 걸리적거리는 아이를 안전하게 둘 유일한 방법이 그것뿐이었다. 오후 내내 나는 물속에 오도카니 앉아서 지나가는 차들을 구경했다. 차도 앞이라 구경할 게 그것뿐이었다. 물은 금세 식었고, 사이사이 오줌이 마려우면 더러 그 안에서 그냥 눴다.

하루는 버스에서 내리는 노인을 보았다. 노인은 커다란 등짐을 지고 있었다. 어딘가를 찾아 두리번거리던 노인과 눈이 마주쳤다. 노인은 생선을 노리는 고양이처럼 나를 샅샅이 훑어봤다. 기세에 눌려 나는 함지 안쪽으로 몸을 반쯤 숙였다. 함지가 턱에 닿았다. 그랬더니 언제 그랬냐는 듯 시선을 거두고 벌떡 일어나 지나쳤다. 지나갈 때 보니 뒤에 진 것이 짐이 아니라 등이었다. 몸에서 이상한 약초 냄새 같은 게 났다. 거지구나 싶었다. 거지가 많던 시절이었다. 식당 앞이라 날마다 거지가 왔다. 종류도 다양했다. 여자 거지, 남자 거지, 늙은 거지, 어린 거지, 잘 입은 거지, 못 입은 거지, 깨끗한 거지, 더러운 거지, 그 많고 많은 거지들을 분별하여 안쪽에 일러 주는 일은 바깥에 앉아 있는 내 몫이기도 했다.

엄마는 남아서 버리는 음식도 절대 거지에게 주지 않았다. 주면 또 오고, 다음에는 더 많이 달라고 하고, 다른 거지 데리고 와서 또 달라고 해서 안 된다고 했다. 거지 하나가 손님 열을 빼앗아 간다는 믿음도 가지고 있었다. 애초에 빌미를 주면 안 돼. 준 적도 없고 뺏긴 적도 없으면서 그 말을 할 때마다 이를 부득부득 갈았다. 마치 장사가 안 되는 게 다 거지 탓인 것처럼 말했다.

거지가 찾아오면 큰 소리로 나를 불러야 한다. 고무 함지에 나를 넣기 전 엄마가 잊지 않는 당부였다. 식당 입구에는 언제라도 뿌릴 수 있게 소금 바가지도 있었다.

나는 식당을 향해 걸어가는 노인의 등을 향해 엄마가 일러 준 대로 힘껏 소리를 질렀다.

"거지다!"

소리에 놀란 듯 뒤를 휙 돌아본 노인이 비죽 웃더니 도로 내 옆으로 다가와서는 등을 찰싹 때렸다.

"좋은 세상 구경하라고 받아 줬더니 기껏 거지 취급이냐."

그 순간 나는 그 노인이 누구인지 기억났다. 소독한답시고 불에 데운 가위를 식히지도 않고 들이대다 갓 태어난 핏덩이의 등을 달군, 그것도 모자라 놀라 우는 핏덩이를 풀썩 땅에 떨어뜨린, 당신이 가진 등짐을 고스란히 갓 태어난 아기에게도 얹혀 준 초보 산파.

엄마는 할머니를 보자마자 부르르 치를 떨었다. 여기가 어디라고 연락도 없이 찾아오느냐 그악스럽게 소리를 지르고 욕을 퍼부었지만 할머니를 쫓아내지는 않았다. 할머니도 엄마의 그런 태도쯤 개의치 않는 눈치였다. 눈치를 보기는커녕 제 집 찾아온 사람처럼 자연스레 방문을 열더니 좁은 방구석에 다리를 쭉 뻗고 앉았다. 그러더니 영 돌아가지를 않고 내처 살기 시작했다.

식당에 눌러앉은 할머니가 제일 먼저 한 일은 떡을 찐 일이었다. 손에 든 작은 보따리를 끄르니 쑥이 가득했다. 할머니는 엄마에게 물어보지도 않고 항아리에서 쌀을 꺼내 철벅철벅 씻었다. 쌀을 불리고 수돗물을 틀어 마른 쑥도 씻어 헹궜다. 깨끗이 씻은 쌀과 쑥을 가루 내고, 거기에 물을 부어 치덕치덕 손으로 쳐서 반죽한 것을 애기 손바닥만 하게 뚝뚝 떼어 찌니 집 안 가득 풀 냄새가 풍겼다. 할머니는 다 익어 김이 모락모락 나는 떡을 맨손으로 쭉 찢어 줬다.

그런데 한여름에 어떻게 쑥이 있었는지 모르겠다. 여름이 아니었나. 아직 쌀쌀한 초봄 물도 없는 빈 함지에 들어 있었던 걸까, 나는. 기억이 엉킨다. 어쨌거나 다음 날도 그다음 날도 할머니는 떡을 쪘다. 이번에는 쑥이 아니라 다른 약초였다. 할머니가 가져온 보따리에서는 날마다 새로운 약초가 나왔다. 그걸 동글동글 빚기도 하고 납작하게 빚기도 하면서 여러 가지 모양으로 만들어 떡을 쪘다. 떡이 익으면 무슨 떡이든 맨손으로 쭉 찢었고, 무슨 떡이든 나만 줬다. 마치 나에게 떡을 주기 위해 온 사람 같았다. 먹어라, 몸에 좋은 거다 했지만 구체적으로 어떻게 좋은 건지는 말해 주지 않았다. 이제 와서 그런다고 애가 멀쩡해지오, 엄마가 소리를 지르면 무안한 얼굴로 그 떡을 혼자 꿀떡꿀떡 삼켰다.

밤에는 술도 먹었다. 처음에는 손님들이 남긴 술을 먹었고, 남긴 술이 없으면 냉장고에 있는 술을 엄마 몰래 새로 따서 먹었다. 저녁 장사를 거드는 척하며 손님 상에서 한두 잔씩 받아먹기도 했다. 가끔은 엄마하고 둘이 앉아서 먹기도 했다. 두 사람이 다정한 날에는 나도 슬그머니 같이 앉아 똥 뺀 멸치를 고추장에 찍어 먹으며 꾸벅꾸벅 졸았다.

언니들은 할머니를 싫어했다. 처음 할머니가 집에 왔던 날 아빠는 부엌에서 떡을 찌는 할머니를 보고 입이 떡 벌어지더니 그대로 돌아서서 집을 나갔다. 그리고 밤이 되어도 다음 날이 되어도 들어오지 않았다. 집에 병신은 하나로 족하다고 했다는 말을 전한 건 언니였다. 할머니가 집에 오면 꼭 흉한 일이 일어난다고, 내가 태어나자마자 다친 것처럼 또 누가 다치면 어떡하느냐고도 했다는 말은 누가 전했는지 모르겠다. 어쨌든 엄마는 할머니와 협상을 맺었다. 아빠가 일 때문에 집을 비우는 날에는 와 있어도 상관하지 않으나 아빠가 돌아와 있는 동안에는 얼씬도 하지 말라고 했다. 처음에는 비교적 잘 지켜진 협상이었다.

하지만 잠깐이었다. 한 번 두 번 실수인 척 아빠가 있는 날에도 할머니가 찾아와 돌아가지를 않았다. 단칸방에서 장모와 함께 누워 자도 불편할 텐데 장모도 아닌 장모와 함께 누워 잘 수는 없는 노릇이었다. 게다가 어설픈 산파 노릇으로 자식을 불구로 만든 사람이었다. 자식과 똑같은 불구를 가진 사람이었다. 눕지 못하는 불구였다. 아빠는 벽에 비스듬히 기대어 앉은 나와 할머니 때문에 자꾸만 누군가 감시하는 느낌이 들어 견딜 수 없다고 했다. 불편한 아빠가 집을 나서려 하면 할머니가 먼저 벌떡 일어나 밖으로 나갔다. 답답하니 여기서 자야겠다 하며 할머니가 찾은 곳은 식당 바닥에 깐 돗자리였다. 문 앞에 버티고 앉아 할머니는 어여 들어가 주무시게 하며 아빠를 방 안으로 떠밀었다. 그게 더 환장할 노릇이었다. 안에서는 작은 낙타가 비스듬히 앉아 아빠를 내려다보고, 밖에서는 늙은 낙타가 비스듬히 앉아 방 안을 지켜보고 있었다. 그대로 더 있다가는 아빠가 아예 도망쳐 버릴지도 몰랐다. 식구들이 진저리를 치면 할머니는 나만 봤다. 내가 마음에 걸리고 눈에 밟혀 멀리 갈 수 없다고 했다. 내가 결국 그렇게 된 줄 알았으면 더 일찍 돌아왔을 거라며 불쌍한 눈으로 나를 보고 울었다. 그 눈물을 보고 나도 처음으로 할머니가 싫다는 생각을 했다.

　아빠와 할머니 사이에서 아슬아슬한 줄타기를 하던 엄마는 어느 날 갑자기 더 이상 이대로는 안 되겠다며 앞치마를 풀어 놓고 나가더니 반나절 만에 식당 근처에 할머니가 살 방을 하나 얻었다. 마당을 가운데 두고 한 칸씩 방이 동그랗게 앉아 있는 집이었다. 마당이 있기는 하지만 그 마당조차 슬레이트 지붕에 가로막혀 빛 하나 들지 않는 토굴 같은 집이었다. 그중 한 방으로 할머니가 옮겨 앉고 할머니 손에 이끌려 나도 그 방으로 옮겨졌다. 언니들이 커서 방이 좁아졌으니 할머니하고 같이 지내렴, 엄마는 다정하게 말했지만, 할머니가 나를 두고는 도저히 움직일 수 없다고 버티는 통에 어쩔 수 없다고도 했지만, 나를 보내면서 언니도 엄마도 아빠도 한결 가벼운 표정이었다. 평화가 있다면 바로 그런 얼굴이 평화였을 것이다. 여기는 더 이상 네가 있을 곳이 아니라는 아주 분명한 의사 표시였다. 할머니와 살고 싶지 않았지만 살지 않을 수 없었다. 누군가에게 버려진다는 게 그런 걸까.

　내 맘이 그런 줄도 모르고 토굴 방으로 살러 간 날 할머니는 보리밥 한 대접을 저녁 삼아 차려 주면서 김순녀 여사 90년 살아온 인생을 무슨 재미난 이야기라도 되는 것처럼 신나게 들려주었다. 내가 듣기에는 한없이 지루했는데 그런 눈치도 못 채고 같은 이야기를 몇 번씩 반복해 들려주었다. 그러다 문득 목소리를 낮추더니 말했다.

"비밀 하나 말해 줄까?"

"무슨 비밀?"

"너는 사실 꼽추 아니다."

"아니면?"

"쌍둥이다."

"쌍둥이?"

"그래, 한 몸처럼 딱 붙어서 태어난 쌍둥이."

"내가 하나가 아니라 사실은 두 쪽이 붙은 거라고?"

"느이 엄마가 너를 어떻게 낳았느냐면 말야. 똥이 마렵다고 했거든, 첨에는. 요강을 찾았지. 배는 무거우니 벌떡 일어날 수는 없고, 앉은뱅이처럼 엉덩이로 뭉실뭉실 미끄럼 치면서 요강을 찾았지. 아무리 찾아도 요강이 보이지 않아서 장롱 밑도 들여다보고 이부자리도 걷어 보다가 마침내 밥상 밑에서 그걸 발견했어. 근데 요강이 왜 하필 밥상 밑에 있었을까. 그것도 누군가 먹던 밥의 온기가 아직 미지근하게 남아 있는 밥상이었는데 말이야. 알 게 뭐야. 워낙에 좁은 방구석이라 제자리에 놓여 있던 물건이라고는 없는데 변소에서 숟가락이 튀어나온들 놀랄 일일까. 아무튼 밥상 밑에서 요강을 발견하고 몸을 기울여서 검지를 요강 안쪽에 걸어 끄으응 끌어냈지. 그리고는 순식간에 팬티를 벗으면서 홀랑 요강 위에 타 앉았는데, 허연 엉덩이가 요강에 털썩 주저앉기도 전에 뭐가 밑에서 쑤우우욱 빠지지 뭐야. 첨엔 똥인 줄 알았다니까. 근데 이게 또르르르 굴러가질 않고 대롱대롱 매달려 있다가 갑자기 동그란 게 하나가 또 쑤우우욱 나와. 머리가 둘인 거야. 얼마나 기겁을 했던지. 근데 희한해. 다리부터 나오면 원래 애가 안 빠지거든. 가랑이가 좌악 양쪽 자궁벽을 버티고 서서 말야. 근데 발보다 큰 머리 두 개가 어째 걸리지도 않고 나란히 나왔을까. 자세히 보니까 그 두 개가 따로따로 나온 게 아니라 조랭이떡마냥 꼭 붙어서 나온 거야. 서로 안고 있을 팔을 나눠 가진 것도 아니면서 그렇게 꼭 붙어 있더라니까. 느이 언니는 고걸 보고 있다가 기절했잖아.

"끔찍해라. 그래서?"

"그래서 내가 얼른 머리 하나를 잡았지. 다행히 하나는 얼굴 없는 머리야. 그냥 혹처럼 보이는. 그래서 내가 그걸 꾹꾹 눌러서 얼른 등에 감췄지. 애기들은 머리가 말랑해서 얼른 만져 주면 모양이 잡히거든. 안 그러면 사람들이 너를 병원으로 보내 버릴 테고, 거기 가면 너를 기어이 둘로 갈라놓을 텐데, 그건 아니지. 서로 좋아 붙어 나왔는데 어찌 나눠 살아. 그래서 내가 얼른 감췄지. 그러느라 불에 달군 가위를 식히는 걸 잊었는데, 느이 엄마는 자기가 쌍둥이를 낳은 줄도 모르고 핏덩이 등을 불로 지졌다고 난리를 치더라. 그 바람에 내가 너를 잠깐 놓치긴 했지. 미련퉁이 느이 어매 그래서 네 등이 굽은 줄로 여태도 안다만."

"거짓말."

"참말."

그러면서 내 손을 잡더니 내 심장에 가만히 손을 대게 했다.

"잘 들어 봐라 심장이 하나 뛰나, 두 개 뛰나."

"하나."

"아니다, 두 개다."

"하나다."

"네가 네 속에 마음 하나 묻어 두고 그걸 여태 몰라서 못 느끼는 거다. 가만가만 불러 봐라. 언젠가 대답할 테니."

그리고 또 이런 이야기도 했다.

"나도 실은 꼽추가 아니다."

"할머니도 쌍둥이야?"

"아니, 나는 기생."

"기생?"

"그래, 기생. 내가 전생에 아주 예뻤거든. 뭇 남성들의 애간장을 녹였단다. 내가 아무한테도 눈길을 주지 않아 그 총각들이 나만 보다 총각 귀신이 되었는데, 나를 잊지 못해 이생까지 따라온 거라. 그래서 그 넋을 달래느라 내가 등에 지고 살기로 했지. 한둘이 아니라서 이렇게 등이 굽은 거란다."

"거짓말."

"참말.

할머니는 웃지도 않았다. 아주 진지하고 비장했다. 그렇더라도 그 말이 참말일 리는 없지만, 그러나 참말 같기도 했다.

처음 그 이야기를 듣던 날 나는 마음부터 몸까지 모두 덜덜덜 떨었다. 지어낸 이야기여도 무서웠고, 사실이라면 더더욱 무서웠다. 혹시라도 내 심장에서 두 개의 심장이 쿵쿵거리는 걸 듣게 될까 봐 잘 때도 가슴에 손을 올리지 못했다. 그러면서도 가끔은 그 이야기가 사실 같았다. 사실이었으면 싶기도 했다. 여전히 무서웠지만 그런 일이 실제로 가능하다고 상상하면 한편으로는 놀랍고, 신비하고, 경이롭고, 황홀했다. 그러면 그게 진실이 아닌가 싶었다.

*

"좀 자라, 가고 나면 사흘은 내 치다꺼리 할 텐데."

"누가 치다꺼리를 해."

"네가 해 주지."

"내 몸도 건사 못 하는데 무슨 수로."

"수의도 필요 없고, 염도 필요 없고, 젯밥도 필요 없다."

"그럼 할 거 하나 없네."

"오는 사람 맞아서 김순녀 여사 90년 생애 얼마나 고 왔는지도 들려 드리고 따순 국에 밥도 말아서 내야지."

"올 사람은 있고?"

"사람이 안 오면 바람이라도 찾아오겠지."

"바람이 오면 국에 밥은 어찌 말아 주나."

"그럴 땐 곡을 해야지."

"눈물도 안 나오는데 곡을 어찌 해."

"눈물 없이 소리로만 우는 게 곡이다."

"……."

"……."

"진짜 가는 거야?"

"동틀라 하네. 슬슬 가야지."

"좋아서 웃는 거 보니 미련도 없나 봐."

"왜 없어. 있지."

"뭐가 제일 미련 남아."

"연애 못 한 거."

"등에 업고 산 연분들은 어쩌고."

"품에 안고 살 연분은 없었지."

"징그럽네."

"가는 길에 가마나 한번 탔으면 좋겠다."

"저승 가지 시집가나."

"저승 가듯 시집가는 사람도 있는데 시집가듯 저승은 못 갈까."

"가기 전에 얘기나 하나 더 해 줘."

"뭔 얘기."

"나 태어날 때 얘기."

"그 얘기는 무서워 싫다면서."

"오늘은 괜찮아."

할머니는 잠시 아무 말 없이 나를 바라보기만 하더니 이윽고 이야기를 시작했다.

"네가 어떻게 태어났는가 하면 말이다. 둘로 태어났는데 말이다. 너는 절대, 저얼대 혼자가 아닌데 말이다……."

노래처럼 나직나직 말을 이어 나가며 할머니는 베개에 몸을 기댔다. 나도 그 옆에 몸을 기댔다. 우리는 다시 사막에서 만난 두 마리 외봉 낙타가 되었다. 너 태어난 날에 말이다. 느이 엄마가 똥이 마렵다고 했거든. 노랫가락처럼 흐들흐들 이어지는 소리를 듣고 있자니 슬슬 졸음이 왔다. 꿈인지 생시인지 그날의 일이 눈에 환히 보이는 듯했다. 엄마는 요강을 움켜쥐고, 언니들은 울고, 나는 또그르르 구르고, 굴러간 나를 할머니가 잽싸게 줍더니 벌떡 일어났다. 그런데 그 모습이 곧게 뻗은 장신이었다.

그 모습에 깜짝 놀라 눈을 떠 보니 꿈이었다. 그새 노랫소리는 멈춰 있었다. 옆을 보니 입만 살짝 벌린 할머니가 눈을 감고 있었다. 뭔가 조금 이상하다 싶어 찬찬히 들여다보니 구부정하게 기대앉은 몸이 어느 틈에 반듯하게 쭉 뻗어 있었다. 좀 전에 꿈에서 본 바로 그 모습이었다. 꼽추는 누구나 죽을 때 등이 펴지는 걸까. 등이 아니라 삶을 지고 다닌 거라더니 제 목숨 다 살았다고 비로소 펴진 건가. 인생 일장춘몽이라더니 이제야 꿈에서 깨어 할머니는 으라차차 기지개를 켜고 당신 갈 길로 가려나 보았다. 어쩌면 할머니는 정말로 꼽추가 아니었을지도 모른다. 그렇다면 내가 쌍둥이가 아닐 까닭도 없지 않은가. 나는 가슴에 손을 댔다. 쿵쾅쿵쾅, 하나의 심장 속에 또 하나의 심장이 뛰고 있는 것 같기도 하다.

텅텅, 밖에서 곰솥을 두드리는 소리가 난다. 어느 틈에 왔는지 엄마가 육개장을 끓이며 할머니의 공책을 읽고 있었다. 읽다가 중간에 덮어서 몰랐는데 마지막 장에는 장례 준비에 대한 부탁이 적혀 있었다. 수의도 필요 없고 염도 필요 없다더니 수의는 장롱 세 번째 칸 바닥에 있고, 향은 문간 서랍에 있고, 영정 사진은 수의 바로 아래에 있다는 뭐 그런 세세한 내역이었다. 누구누구에게는 연락을 하고 누구누구는 연락하지 말라는 뭐 그런 이야기였다. 필요 없다던 수의며 염에 대해서는 다 일러 놓고 정작 가마 이야기는 적지 않았다.

엄마는 할머니가 공책에 적어 놓은 번호대로 차례차례 다이얼을 돌렸다. 받는 전화보다 받지 않는 전화가 더 많았다. 받는 전화 중에도 온다는 사람은 거의 없었다. 엄마는 실망하거나 화내는 법 없이 표정 하나 말투 하나 바꾸지 않고 천천히 예의 바르게 계속해서 전화를 걸었다. 전화를 거는 엄마 옆에서 나는 김순녀 여사의 90년 생애를 다시 읽기 시작했다. 어쩌면 그게 정말 김순녀 여사의 인생인지도 몰랐다.

마침내 김순녀 여사의 90년 인생을 다 읽고 난 후 나는 그 인생이 적힌 낡고 오래된 공책을 한 장씩 천천히 찢었다. 인생이라는 황량한 사막에서 우리가 그래도 한때는 각기 다른 한 마리의 외봉 낙타로 만나 등을 기대고 살았는데, 이제 작별하고 돌아서는 길에 마지막 소원은 들어주고 싶었다. 나는 찢은 종이로 한 장 한 장 꽃을 접었다. 가마는 몰라도 김순녀 여사 90년 생애에 꽃은 달아 줘야 할 것 같다. 어차피 가마 중에 으뜸 가마는 꽃 가마 아니던가.

누가 정혜를 죽였나

그들 정혜, 그러니까 두 명의 정혜가 서로를 알게 된 것은 SNS를 통해서였다. 두 사람을 모두 알고 있던 L의 소개가 있었다. 그전에도 한두 번 L은 그들에게 서로 다른 정혜에 대해 지나가는 말처럼 이야기를 한 적이 있었다. 비슷한 분야에서 일을 하는 동명이인의 존재가 신기했던 모양이었다. 그러나 이름만 같을 뿐 두 정혜가 특별히 닮은 점은 없었다. 나이는 물론 사는 곳도 처지도 달랐다. 비슷한 분야라는 것도 어디까지나 L의 관점에서였다. 한 사람은 소설을 쓰고, 한 사람은 영화를 만들었다. 창작을 한다는 이유로 비슷하다고 말한다면 모든 문화 예술을 다 하나의 장르라고 보아도 좋을 터였다.

물론 비슷한 점이 전혀 없지는 않았다. 일단 두 정혜

는 각자의 분야에서 공식 데뷔 절차를 거쳐 꾸준한 활동을 하고 있었다. 그러나 두 사람 모두 평단이나 대중의 관심을 끌거나 유명세를 얻지는 못했다. 긍정적인 평가가 아주 없던 것은 아니지만 대개의 작업은 어떤 평가도 듣지 못했다. 그렇다고 완전히 무명은 아니라는 점, 같은 분야의 종사자들은 더러 그들을 알지만 분야 밖의 사람들 대부분에게는 낯선 인지도를 가지고 있다는 정도가 공통점이라면 공통점일까. 어쨌든 L의 소개가 있기 전에는 두 정혜도 서로에 대해 알지 못했다.

L의 소개도 간단했다. 내가 아는 사람 중에 너랑 이름 똑같은 사람이 있어. 그 사람은 소설가야. 이 말을 들은 이는 영화를 찍는 정혜였다. 친구 중에 정혜가 또 있는데 그 친구는 감독이다, 이 말을 들은 이는 글을 쓰는 정혜였다.

소설가로 데뷔하기는 했지만 정혜는 소설이 아닌 글을 더 많이 썼다. 대필이나 홍보물에 필요한 각종 텍스트 혹은 여성 잡지의 심리 칼럼 같은 글을 필명으로 썼다. 소설가가 되기 이전에도 했던 일이었는데 소설가가 되고 나니 그런 일이 더 많이 들어왔다. 소설을 쓸 기회는 오히려 줄었다. 알려지지 않은 지방지에서 데뷔를 했기 때문인지 소설 청탁이 없었거니와 다른 일만 많아지는 바람에 소설을 쓸 시간도 없었다. 일을 줄이라는 충고를 들었지만 일은 생계를 위한 것이므로 무턱대고 줄

일 수 있는 게 아니었다. 게다가 그 일이 언제까지나 많으리라는 보장도 없었다. 영화계는 어떨까. 처음에 정혜는 그런 게 더 궁금했다. 그래서 L에게 다른 정혜에 대한 이야기를 듣자마자 포털 사이트에 검색부터 해 보았다. 한 사람의 작업물이 모두 기록되는 요즘 같은 시대에는 인터넷에서 검색되는 정보의 양이 곧 그 사람의 현 위치를 알려 주는 거라고 생각했기 때문이었다.

나이도 경력도 얼마 안 되는 것 같던데 뭐 나올 게 있겠어 하는 마음으로 별 기대 없이 시도한 검색이었는데 뜻밖에도 글을 쓰는 정혜가 쓴 칼럼이나 도서 리뷰에 앞서 영화를 찍는 정혜에 대한 정보가 먼저 떴다. 이런 저런 소소한 영화제에서 받은 몇 번의 수상 이력과 작가와 작품을 소개하는 동영상, 그이가 만든 영화에 대한 리뷰 같은 것들이 제법 검색되었다. 검색 결과만 놓고 보자면 영화를 만드는 정혜는 대중적인 작업을 하기 전이라 인지도가 약해 보일 뿐 그 분야에서 나름 단단한 입지를 다지고 있는 인물 같았다. 하지만 다른 인터뷰를 보니 영화를 찍는 정혜 역시 방송사에 프로그램을 납품하는 외주 프로덕션과 프리랜서 계약으로 일을 하며 생계를 유지하는 것 같았다. 그런 면에서 영화나 소설은 L의 생각대로 비슷한 분야일 수도 있겠다 하는 생각이 들었다.

그런 마음으로 검색창을 닫다가 문득 글을 쓰는 정혜

의 눈에 띄는 것이 있었다. 그것은 순서였다. 정혜라는 이름을 입력하고 엔터키를 누르면 포털 사이트는 맨 위 상단에 인물 정보란을 띄웠는데 가장 처음에 검색된 이가 바로 영화를 찍는 정혜였다. 그 뒤에 조금 작은 크기로 다른 인물에 대한 정보가 추가되었다. 대학 교수 한 명, 미술가 한 명이었다. 글을 쓰는 정혜는 없었다. 그 순서가 마치 두 사람의 우열을 가려 보여 주는 느낌이었다. 정혜는 잠시 포털 사이트가 검색 순위 결과를 선정하는 기준은 무엇일까 생각해 보았다. 내용만 보면 나이로 보나 활동 이력으로 보나 글을 쓰는 정혜가 이룬 성취가 더 작다고는 할 수 없었다. 심지어 최근에 정혜는 꽤 유명한 매체에 몇 번의 칼럼을 게재하기도 했다. 그런데 왜 글을 쓰는 정혜는 리스트에 오르지 못한 걸까. 아니다, 그런 게 뭐가 중요한가. 그런 걸 궁금해하는 스스로를 한심해하며 정혜는 피식 웃었다. 그러나 이런 웃음이 늘 그렇듯 그 끝이 묘하게 아리고 쌉쌀했다. 아마도 그건 질투였을 것이다. 내가 조금 더 나을지도 모른다는 기대를 배반당한 데서 오는 질투. 그리고 어디에서도 동의를 구할 수 없는 질투는 늘 자신을 베는 법이다. 그럴 땐 차라리 질투를 정면으로 마주하는 게 낫다. 아니꼬움을 감추지 않은 채 정혜는 모니터 속 정혜를 뚫어지게 바라보았다.

영화를 찍는 정혜는 글을 쓰는 정혜보다 어리지만 당

차 보였다. 몇 개의 짧은 인터뷰 기사를 읽어 보니 몇몇 알 만한 영화제에서 관심 있게 그의 작품을 지켜보고 있었다. 그동안 선보인 영화들이 비록 단편 몇 편에 불과하지만 예술성과 상업성을 동시에 갖췄다는 평이었다. 조만간 장편영화도 만들어 극장에서 개봉할 예정이라고 했다. 자료만 읽어도 영화감독으로서 가능성과 잠재력이 엿보이는 이였다. 하지만 정혜는 입을 삐죽거렸다. 이 나라에서 여자가 감독하기가 어디 쉬운가. 시나리오나 몇 편 대신 써 주다 말겠지. 지금이야 어리니까 세상이 다 쉬워 보이지. 누구는 그런 시절이 없었나. 정혜는 영화를 찍는 정혜가 앞에 앉아 있기라도 한 것처럼 조언도 덕담도 충고도 아닌 혼잣말을 늘어놓았다.

하지만 솔직히 고백하자면 글을 쓰는 정혜에게는 그런 전도유망하고 패기 가득한 한때도 없었다. 작가로서 이력이라고는 등단뿐이었다. 작품집을 출판한 적은 있지만 작은 출판사였고 인세도 받지 못했다. 인세는커녕 자비 출판이나 다름없었다. 출간을 결정할 때는 아무 말 없더니 막상 제작 단계에 들어서자 출판사 사정이 어려우니 어느 정도 제작 비용을 분담해 줬으면 좋겠다고 노골적으로 말하는데 거절하기도 힘들었다. 일부는 현금으로 주고, 증정본이라는 명목으로 재고도 떠안았다. 여기저기 다 보내고도 남은 책들이 아직도 한쪽에 잔뜩 쌓여 있었다. 그 책들이 마치 소설가로서의 실패를 증명

하는 것 같아 볼 때마다 속상했다. 물론 정혜가 쓴 글이 더러 인터넷에서 검색되고 공유되기도 했다. 그러나 그 글은 자유 기고가 혹은 대필 작가 정혜가 쓴 글이지 소설가 정혜가 쓴 글은 아니었다. 글을 쓰는 정혜는 영화를 찍는 정혜의 얼굴을 한참 바라보다 한숨을 쉬며 인터넷 창을 닫았다. 그 이름도 머릿속에서 지웠다.

그런데 몇 년 후 글을 쓰는 정혜는 SNS 계정을 만들다가 우연히 영화를 찍는 정혜의 계정을 발견했다. 최근에 만들어진 계정인 듯싶었다.

그즈음 글을 쓰는 정혜가 SNS 계정을 만든 건 출판업에 종사하는 지인들의 충고 때문이었다. 그때까지도 작가로서 정혜의 이력은 전과 크게 다르지 않았다. 그런 정혜의 재능을 안타깝게 여기는 지인들이 있었는데 그들 중 몇몇이 SNS를 권했다. SNS를 통해 대중적인 인지도를 올려 두면 앨범 차트 순위를 역주행하는 아이돌 그룹만큼은 아니어도 그 인지도를 딛고 관심을 받을 수도 있다며 몇몇 사례들을 읊었다. 그 의견들을 총체적으로 묶으면 이랬다.

"요새 가장 중요한 건 마케팅이야. 작품 보고 작가가 누구냐 묻는 건 옛날 일이지. 요즘은 작가에 대한 호기심이 생겨야 작품을 찾아보거든. 요즘 출판사에서 책을 어떻게 판매하는지 잘 봐 봐. 연예 기획사에서 아이돌 홍보하는 거랑 순서 똑같아. 출간도 안 된 책, 작가 이름만 걸고 예약 판매하고, 북 콘서트 하고, 책 이미지 가지고 공책이나 컵 같은 굿즈 만들어서 증정하고. 그런데 모든 작가가 다 그렇게 하나? 아니야. 그것도 연예 기획사랑 똑같아. 그 기획사 매출 순위대로 홍보해 줘. 매출과 무관하게 홍보해 주는 건 신인. 모든 신인이 아니라 상품 가치 있겠다고 기획사에서 콕 찍어 놓은 신인들. 그리고 남은 기타 등등은 그런 거 없지. 그나마 소속사라도 있으면 가끔 끼워 팔기라도 해 주니까 그런 기회 잡으면 되는 거고. 소속사도 없는 무명들은 어떻게 하겠어. 예능 프로그램 보다 보면 와, 어떻게 저렇게까지 하지 싶은 사람들 있지. 왜 그렇게까지 할 것 같아? 살아남고 싶으니까. 문학은 그렇지 않다고? 그래, 맞아. 그렇지 않지. 하지만 기회가 주어지지 않으면 네가 장편을 쓰든 대하소설을 쓰든 명작을 쓰든 망작을 쓰든 다 네 컴퓨터 폴더 안에 있는 거지. 그게 문학이 되려면 네가 새로운 장르를 만들어야지. 폴더 안의 문학이라는 장르. 음, 이름은 괜찮네. '폴더 안의 문학.' 누구도 읽지는 못하겠지만."

그 말을 듣고 처음에 정혜는 웃었다. 주목을 받지 못해도 성실하게 자기 세계를 지키는 작가들을 알고 있었고, 그들의 진심을 믿었다. 설령 정말로 시대가 그렇게 바뀌었다고 하더라도 그런 식의 자기 홍보는 품위 없고 낯간지러운 행동이었다. 그렇게 유명해지는 게 무슨 의미인가, 그런 게 무슨 문학인가, 정혜는 그렇게 생각하는 쪽이었다. 그럼에도 계정을 만든 건 호기심 때문이었다. 대체 거기에 뭐가 있기에 그렇게까지 허황된 논리를 펼치나 싶었다.

그런데 막상 SNS에 입문하고 보니 의외로 재미있는 세계였다. 그곳으로 등을 떠민 사람이 충고한 대로 작가입네 떠들 필요도 없었다. 유명할 필요도 없었다. 사람들의 글에 관심을 가지고 꾸준히 나누는 대화만으로도 온라인 밖에서의 인연을 뛰어넘는 다정한 친구들이 생겼다. 그들이 보내 주는 다정이란 의미 없는 허상에 불과하다고 생각하면서도 꿈인 걸 알아서 더더욱 깨어나기 싫은 어떤 꿈처럼 정혜는 SNS에 점점 빠져들었다.

사실 작가로서 정혜의 진짜 문제는 글을 쓰지 못하고 있다는 점이었다. 물론 글은 늘 쓰고 있었다. 그러나 생계를 위한 글이었다. 닥치는 대로 카피를 쓰고, 홍보 시나리오를 쓰고, 누군가의 자서전을 써서 빈곤한 생을 겨우 해결했다. 틈틈이 어떻게든 시간과 기운을 내어 소설을 쓰려고 할 때마다 다음 생계가 나 좀 어떻게 해 달라고 문을 두드렸다. 짧은 결혼 생활 중에는 아이를 돌보느라 그마저도 불가능했다. 먹고사는 일도 버거운데 먹고사는 일도 아닌 일에 몰두하는 것은 사치였다. 이혼을 결심한 것도 그 때문이었다.

이혼과 거의 동시에 정혜는 자신의 인생을 가로막고

있다고 생각한 모든 것을 작정하고 밀어냈다. 그런데도 글을 쓸 수 없었다. 그 이유를 늘 알 수 없었는데 SNS를 시작하면서 정혜는 생각했다. 혹시 내게 필요한 건 시간이 아니라 관심과 격려가 아니었을까.

정혜는 자신의 말과 글이 누군가에게 닿는 걸 SNS에서 처음으로 보았다. 심지어 누군가는 정혜의 글에 공감하고 그것을 공유했다. 내 말이, 내 생각이, 내 글이 틀리지 않았다는 어떤 확신, 내가 누군가를 설득할 수 있고 누군가에게 감동을 줄 수도 있다는 자신감, 나로부터 흘러 나가는 어떤 파장을 정혜는 처음 느꼈다. 그것은 안온하고 따뜻한 일이었으며 동시에 황홀한 일이었다. 그건 또 다른 기대를 갖게 했다. 내가 쓴 글을 기다리는 사람이 있을지도 모른다는 설렘이었다. 모니터 안의 친구들이 주는 다정에 힘입어 정혜는 자신에 대해 어떤 믿음이 생겼다. 여전히 글은 쓰지 못했지만 어쩌면 글을 쓸 수 있게 되리라는 기대감을 다른 누구도 아닌 정혜 자신이 주었다.

영화를 찍는 정혜는 어땠을까. 영화를 찍는 정혜가 어떤 시간을 보냈는지 정혜가 알 리 없었다. 영화를 찍는 정혜의 계정만 보면 예전에 검색해서 알아낸 것 이상의 이력이 보태진 것 같지는 않았다. SNS 친구도 별로 없고 글을 올리는 횟수도 많지 않았다. 어쩌다 올리는 글은 작업하는 데 참고로 삼으려나 싶은 자료가 대부분이었다. 프로필에 영화를 만드는 사람이라고 적어 놓기는 했지만 영화에 관한 이야기도 드물었다. 다른 이용자들과 관심이나 애정을 주고받지도 않았다. 감상적인 문장도 없었고, 허세 가득한 자기주장도 없었다. SNS 사용법이 서툴거나 모든 게시물을 지인 공개로만 설정해 둔 걸 수도 있다고 정혜는 생각했다.

사실 정혜에게 SNS를 권한 사람 중 한 명이 L이었다. 나름 인플루언서였던 L은 자신의 SNS 친구들에게 정혜를 소개하고, 정혜에게 도움이 될 만한 팁을 알려 주었다. L 덕분에 정혜는 생각보다 쉽게 SNS에 적응했다. 영화를 찍는 정혜가 계정을 만들고 나타났을 때도 L은 글을 쓰는 정혜에게 했던 것처럼 자신의 지인들에게 정혜를 소개했다. 모든 이용자들이 다 볼 수 있는 공개 글로 두 명의 정혜를 서로 소개시키기까지 했다. 처음에 정혜는 그런 L의 오지랖이 짜증 나고 불편했다. L의 도움을 받아 사귀게 된 SNS 친구들이었지만 그들에게 받았던 관심과 애정과 지지를 다른 정혜와 나누고 싶지 않았기 때문이었다. 나누는 게 아니라 뺏기게 될 것 같은 불안이 있었다.

하지만 글을 쓰는 정혜는 내색하지 않았다. 오히려 차분하게 먼저 인사를 건넸다. 이름이 같은 분이라니 신기하네요. 그날에서야 비로소 처음 상대를 알게 된 것처럼 인사했다. 영화를 찍는 정혜는 좀 달랐다. 우와, 말씀

많이 들었어요. 되게 궁금했는데, 저 팬이잖아요. 요즘은 글 안 쓰세요? 경쾌한 문장이 빠른 속도로 화면에 뜨더니 거의 동시에 친구 신청 알림이 떴다. 그 빨간 불빛을 보는 순간 정혜는 그동안 몰래 훔쳐보던 걸 들킨 것 같아 가슴이 두근거렸다. 그런 마음을 들키고 싶지 않아 마치 이제야 상대에 대해 생각났다는 듯 다시 인사를 건넸다. 아, 기억났어요. 영화를 만드신다고 들었던 것 같은데, 맞죠? 영화라니 정말 멋져요. 정혜는 수락 버튼을 누르며 '요즘은 영화 안 찍어요?'라고도 물어볼까 망설였다. 그사이 L이 끼어들었다. 언제 둘이 우리 가게에 와서 술이나 마셔라.

*

L은 원래 무대 미술을 하던 사람이었다. 대학로에서 일할 때부터 개성 있는 무대로 주목을 받았는데 어느 날 갑자기 좀 더 넓은 곳에서 체계적으로 공부해 보고 싶다며 유학을 떠났다. 한국인 유학생이 거의 없는 곳이었고, 공부를 하는 동안 국내의 지인들과 완전히 연락을 끊었기 때문에 그가 어디에서 어떤 공부를 어떻게 했는지는 아무도 몰랐다.

3년 만에 귀국한 L은 무대로 돌아가지 않았다. 대신 무대 같은 술집을 차렸다. 무대가 있는 술집이 아니라 술집 자체가 극장 세트 한가운데에 들어와 있는 느낌을 주는 그런 술집이었다. L은 소식 다 끊고 몇 년 나가 있었더니 포부는 커졌는데 일을 주는 사람이 없다고 너스레를 떨었지만 사실 애초에 무대에 큰 욕심이 없던 사람이었다. 유학도 공부보다는 여행이 목적이었다는 걸 알 만한 사람은 다 알았다.

L에게 재능이 있다면 사람을 사귀는 능력이었다. 그렇다고 관계의 주체가 되는 성격은 아니었다. L은 사람도 무대 세트 같아서 누구와 있든 편안하게 그의 배경이 되어 주었다. 숫기 없는 사람은 적당히 띄워 주고 튀거나 모난 사람은 적당히 숨겨 주어서 그와 있으면 누구든 무던하고 괜찮은 사람처럼 보였다. 그가 외국의 유명 바텐더에게 직접 배워 왔다는 칵테일은 자주 실패였지만 사람과 사람을 아우르는 일은 누구보다 잘했다. 그래서 그의 술집에 찾아오는 이들은 서로 모르는 사람인데도 마치 다 같은 일행인 것처럼 자연스레 어울렸다. 작은 술집이었지만 북적일 때나 한가할 때나 처음 가는 사람과 단골 모두에게 편한 느낌을 주는 그런 술집이었다.

L의 술집을 예술가들의 사교장으로 만든 데 정혜의 도움도 조금 있었다. 정혜가 여성지에 인터뷰 기사를 고정으로 연재하던 때였다. 문을 연 지 얼마 되지 않아 손님이 적은 L의 가게는 인터뷰 장소로 나쁘지 않았다. 무대 미술가로서 L의 역량은 자신의 가게를 꾸밀 때 정점

을 찍었다고 해도 좋을 만큼 가게 내부의 분위기가 좋았다. 앉아서 대화를 나누기에도 좋았지만 사진을 찍으면 어느 각도에서 찍어도 화보 같았다. 가게에는 술병이 놓인 선반들을 가로막은 긴 바와 다섯 개의 작은 테이블이 놓여 있었다. 넓지 않아 전체적으로는 한 가지 느낌인데 앉은 각도에 따라 조금씩 느낌이 달랐다. 카메라로 찍으면 위치에 따라 전혀 다른 곳에서 찍은 사진처럼 보이기도 했다. 너무 밝지도 않고 지나치게 어둡지도 않았다. 적당히 낡고 적당히 구석진 느낌을 주는 인테리어였다.

정혜와 그곳에서 인터뷰한 이들 대부분이 나중에 다른 지인을 데리고 다시 그곳에 왔다. 정혜가 인터뷰했던 사람들은 주로 문화 예술계에서 성공을 거둔 이들이었는데, 그들은 L의 술집을 마음에 들어 했다. 어느 순간부터 L의 술집은 문화 예술계에 종사하는 유명인들의 아지트로 유명해졌다. 그런 소문이 나자 호기심에 몰려드는 사람도 늘어났다. 그들도 대부분 문화 예술계에서 일했는데 신인이거나 아직 무명인 이들도 많았다. 같은 분야에 있다고 해도 여러 면에서 처지가 다른 이들이었지만 서로 불편해할 일은 생기지 않았다. 시간을 정한 것도 아닌데 비슷한 그룹, 비슷한 수준의 사람들이 묘하게 맞물려서 만나고 헤어졌다. 그리고 그런 이상한 일을 가능하게 하는 게 바로 L의 능력이었다. L은 자신의 공간이 소화할 수 있는 단골의 적정 인원과 그들 간의 상호 작용이 재방문에 미치는 영향을 계산하여 소위 물관리를 시작했다. 자신들만의 아지트가 필요했던 L의 손님들은 그러한 L의 물관리를 모르는 척하는 것으로 L의 새로운 운영 방침을 반겼다.

그러자 정혜의 존재가 애매해졌다. 사람들에게 L의 술집을 처음 소개할 때만 해도 그곳의 안주인 같았는데 명사들의 전용 아지트가 되면서 정혜는 이방인이 된 느낌을 받았다. L은 눈치가 빠른 사람이라 정혜의 기분을 금세 읽었다. 그리고 술집이 자리를 잡기까지 정혜의 공로도 잊지 않았다. L은 정혜가 그곳에 온 사람들과 자연스럽게 섞일 수 있도록 작가라는 이름으로 정혜를 소개시켜 주었다. 그러나 그 배려가 오히려 정혜를 불편하게 했다. 소개를 받은 사람마다 무슨 매뉴얼처럼 어떻게 데뷔했는지 무슨 작품을 쓰고 있는지를 물어보았다. 정혜는 그 답을 갖고 있지 않았다. 정혜가 등단한 매체는 지방에서만 발행되는 문예지였다. 그 매체로 등단했다고 하면 대놓고 비웃는 사람도 있었다. 얼른 자기 작품 써야지 하는, 그런 작품을 쓰기 전에는 작가랄 수 없다는 냉정한 조언들을 정혜는 준비 중이라는 말로 버텨 냈다. 어쨌거나 그 시절 정혜는 작가 정혜로 불렸다.

그곳에서 남편도 만났다. 처음 만났을 때 남편은 교수이기도 한 소설가 K의 제자였다. K의 제자들은 대부분 직업도 옷차림도 뭐 하나 변변한 데가 없었는데 남편은 첫인상부터 그들과 달랐다. K는 제자들에게 작가 정혜를 소개했다. 다른 제자들은 이름도 들어 본 적 없는 작가인 정혜를 건성으로 대했지만 남편은 정혜를 선생처럼 깍듯하게 대우했다. 남편과 대화하는 순간만은 정혜도 작가였다. 소설가 K가 데리고 오는 제자 모임은 반갑지 않았어도 남편 때문에 그들의 방문이 더러 기다려졌다. 그러나 남편은 그 모임에 오래 속해 있지 못했다. 그는 글을 잘 읽는 사람이었지 잘 쓰는 사람은 아니었다. 글을 쓰기에는 지나치게 성실하고 예의 바르고 반듯한 남자였다. 그런 작가들도 더러는 있지만 그들은 대체로 그런 식으로 술집에서 문학의 미래를 단언하고 시간이 남으면 인류도 구원하는 모임을 좋아하지 않았다. 작가도 아니었으니 남편에게는 더욱 불편했을 터였다. 반년 정도 숙제하듯 모임에 나오더니 어느 날 모임을 떠났다.

그때 이미 두 사람은 결혼을 약속한 연인이었다. 예식은 따로 올리지 않았다. 남편이 살던 집과 정혜가 살던 집의 보증금을 합쳐 부엌과 화장실 그리고 마루가 붙어 있는 작은 방을 얻었다. 사는 형편이 더 좋아진 건 아니지만 그래도 혼자 생계를 감당하고 꾸릴 때보다는 의지가 되었다. 일찍 부모를 여읜 정혜에게는 비로소 생긴 가족이기도 했다. 처음에는 그것만으로도 큰 힘이 되었다. 그때 정혜는 혼자 아등바등하던 삶의 어려움을 나누는 게 결혼이라고 생각했지 다른 삶의 고단마저 얹게 될 수도 있는 거라는 생각은 하지 못했다. 그걸 깨닫기 시작할 무렵, 그러니까 결혼이 처음 삐걱, 소리를 낼 때쯤 아이가 생겼다. 정혜는 당황했지만 어쩌면 아이가 이 위태로운 결혼의 답이 되어 줄 수도 있다고 스스로를 설득했다. 아이를 낳고 기르면서 더욱 위대해진 예술가들의 삶을 생각했다. 그런 사례를 찾기는 어려웠는데, 그럼에도 그런 일이 가능할 거라고 믿었다. 모성이라는 게 본능도 무엇도 아니고, 어떤 사람에게는 아이가 그저 시간과 영혼을 동시에 빼앗는 존재라는 건 짐작조차 하지 못할 때였다.

L의 술집에서 처음 작가라고 불렸을 때 정혜는 스물아홉 살이었다. 그때 영화를 찍는 정혜는 열아홉 살이었을 것이다. 자신이 무슨 일을 하게 되리라 짐작은 하는 나이였을까. 영화를 찍는 정혜가 처음 L의 술집에 나타난 것은 몇 살 때였을까. 정혜가 그곳에 안주인처럼 앉아 있던 시절은 아니었을 것이다. 그 이름을 L에게서 처음 들은 건 정혜가 비로소 아이 엄마라는 처지의 실체를 깨닫고 절망하던 때였다. 영화를 찍는 정혜는 몇 살이었을까. 아직 20대였을 것이다. 작가 정혜가 없는 그곳에서 어린 정혜가 대신 영화계의 알 만한 누군가를 만나 내색 않고 경멸을 주고받으며 기회를 염탐했을까. 싹

싹하고 쾌활하고 거침없는 어린 정혜는 어떤 식으로 그 공간을 버텨 냈을까.

"정혜? 정혜는 우리 술집에 온 적 없는데?"

"그래요? 그럼 어디서 만났어요?"

"여행 가서."

"여행이요?"

"응, 나 술집 하다 중간에 재미없어져서 동생한테 가게 맡기고 그동안 모은 돈으로 여행 다녔잖아. 그때 만났지. 미국이었는데…… 뉴욕이었던가. 자기보다 더 큰 배낭을 멘 여자애가 카메라 들고 혼자 돌아다니더라고. 겁도 없이. 영화 공부한다나. 여행 끝나고 놀러 오라고 했더니 한 번 오기는 했는데 맘에 안 든대. 자기한테는 술값이 너무 비싸다나."

"재능 있어 보이던데 거기 잘 오는 영화사 관계자들 좀 소개해 주고 그러지 그랬어요."

떠보는 것처럼 보이지 않으려고 최대한 무심하게 한 말에 L이 크게 웃었다.

"그런 애 아냐. 잠깐 있는 동안에 감독 하나가 알아보고 합석하자는데도 기겁하더라."

그런 애가 아니라니. 정혜의 얼굴이 순간 붉어졌다. 그런 애는 또 누군데.

*

　처음 그 제안을 들었을 때 뭔가 서늘한 것이 등줄기를 훑었다.

　영화를 찍는 정혜의 계정은 친구를 맺은 후에도 별반 다르지 않았다. 짐작과 달리 친구 공개 게시물도 많지 않았다. 계정에 글을 올리는 대신 메신저로 정혜와 대화를 나눴다. 작업에 관계된 내용이 대부분이었다. 새로 시작하는 아이디어에 보탤 자료를 추천해 달라고 부탁하거나 정혜가 쓰는 칼럼에 대한 자기 생각을 보내기도 하고, 오래전에 썼던 작품에 대한 인상을 말하기도 했다. 워커홀릭 같은 데가 있었다. 영화가 아닌 사적인 이야기는 잘 하지 않았다. 일부러 감추려 드는 것 같지는 않았다. 가끔 글을 쓰는 정혜가 사적인 근황에 대해 물으면 망설임 없이 바로바로 대답했다. 여자로서 감독하기의 어려움, 취업을 해야 하는 건 아닐까 하는 고민. 그러고는 늘 물었다. 작가님은 요즘 어떤 글 쓰세요?

　그 질문만 들으면 정혜는 말문이 막혔다. 쓰지 않으니 대답할 말이 없었다. 처음 몇 번은 쓰려다 만 소설에 대해 이야기했고, 그다음은 더 할 말이 없어 사실 요새 글이 너무 안 써진다, 슬럼프다, 영어로 writer's block이라는 게 있다던데 지금 그 상태다 하는 변명들을 늘어놓았다. 그러면 저랑 협업 한번 하실래요? 어느 날 영화를 찍는 정혜가 물었다. 협업이요? 네, 같은 제목으로 각자 작품을 하나씩 발표하는 거예요. 다른 사람과 뭔가를 같이 해 볼 수도 있겠다는 생각은 그때까지 해 본 적 없지만 솔깃했다. 좋은 아이디어네요. 재미있겠어요. 제목은 뭘로 할까요. 음…… '누가 정혜를 죽였나'는 어때요?

"정혜를 죽인다고요?"

"죽인다기 보다도…… 이미 죽은 거죠, 정혜는. 그다음 이야기를 쓰는 거예요. 정혜가 죽었다. 그런데 누가 죽였을까, 왜 죽였을까. 그 답을 각자 찾아보는 거죠. 저는 영상으로 작가님은 글로요."

"그러니까 '누가 정혜를 죽였나'라는 제목으로 공동 작업을 하자는 거죠?"

마치 청부 살인을 제안받기라도 한 것처럼 정혜의 목소리가 떨렸다.

"네. 우리 이름을 그대로 쓰는 거죠. 우리 이름이지만 동시에 우리의 이름이 아닌 이름."

우리의 이름이 아닌 우리의 이름. 글을 쓰는 정혜는 영화를 찍는 정혜가 모니터에 띄운 문장을 따라 읽었다. 세상 많고 많은 주제 가운데 왜 하필 죽음일까, 게다가 왜 자신의 이름을 죽은 자로 던져 놓았을까. 제목만 놓고 보면 기발했다. 재능 있고 톡톡 튀는 젊은이다운 아이디어였다. 영화를 찍는 정혜는 눈길을 끄는 방법을 확실히 아는 듯했다. 소재가 죽음이라고 해서 비장하고 슬픈 느낌을 받는 건 글을 쓰는 정혜뿐인 듯했다.

그즈음 정혜는 SNS에서 로그아웃하지 못하고 있었다. SNS에 대한 의존도가 점점 심해졌다. 전기 점검으로 인해 전원을 켤 수 없던 어느 날, 휴대폰 충전마저 되지 않아 전원 밖의 세상에 오롯이 혼자 남아 있던 날 정혜는 이대로 죽어도 아무도 모르겠구나 하는 생각이 들었다. 친구는 많아졌지만 SNS에 존재하는 그 많고 많은 온라인 지인들에게 도움을 요청할 어떤 방법도 없었다. 처음 기대했던 것처럼 작가로서 자리도 잡지 못했다. 처음에는 예열이 필요할 뿐이야라고 변명했지만 어느 순간 변명의 유효기간도 지났다. 그사이 한 편 정도 소설을 쓰기는 썼는데 제목이 '어느 소설가의 죽음'이었다. 그러고 보니 정혜도 죽음에 대해 쓴 적이 있다. '누가 정혜를 죽였나'라는 제목을 듣는 순간 정혜는 그 소설을 쓰던 때의 심정이 생각났다. 꿈이 어떻게 늙어 가는지, 무명이 어떻게 끝끝내 무명이 되고야 마는지. 소설이라기보다 넋두리에 가까웠다. 당연히 발표는 하지 못했다. '폴더 안의 문학' 시리즈 첫 번째 작품이었다고나 할까.

"언제부터 시작할까요? 마감도 정할까요?"

"먼저 끝난 사람이 연락하는 걸로 해요. 저는 일단 시나리오부터 쓸게요."

그리고 두 정혜의 대화는 끊겼다. 영화를 찍는 정혜가 사라진 것이다. 계정은 그대로였지만 그날 이후 접속하지 않는 듯했다. 약속한 시나리오를 쓰기 시작한 모양이었다. 정말로 써야 하나. 정혜는 조금 당혹스러웠다.

　SNS를 통해 받게 되는 모든 질문이나 제안에 정혜는 늘 긍정적으로 대답했다. 정혜가 가지고 있는 일종의 온라인 규칙이었다. 온라인 속 관계란 사사건건 작정하고 싸우거나 매사 시시비비 없이 끄덕여 주거나 둘 중 하나였다. 전자는 주목을 끌기 위해 주로 사용되었고, 후자는 많은 이들과 관계를 지속하기 위한 방법이었다. 전자가 성공하면 권력이 생겼다. 후자는 자칫 유명한 누군가의 박수 부대로 존재하기 쉬웠다. 적절한 맞장구가 오래오래 평화롭게 SNS를 이용하는 방법이었다. 공동 작품에 대한 정혜의 찬성도 한편으로는 그런 태도 중 하나였다. SNS에서의 제안이란 좋네요, 좋아요, 한번 해 봐요 하는 사이 대부분 사라져서 없던 일처럼 되고 말았다. 처음 몇 가지 제안과 호평을 받고 들떴던 정혜는 그 이후의 과정을 겪으면서 깨달았다. 진짜 중요한 일은 온라인 밖에서 아무도 모르게 결정된다는 걸. 온라인에서의 따뜻한 지지보다 온라인 밖에서 써 놓은 글이 더 중요한 자산이었다. 그런 각성으로 썼던 글이 「어느 소설가의 죽음」이었다. 그러나 투고한 몇몇 잡지에서 모두 거절당한 후 정혜는 다시 온라인으로 돌아왔다. 발표되지 못한 소설의 몇몇 문장을 잡지 대신 SNS에 올리기도 했다. 호평이 이어졌다. 전편을 읽고 싶어요, 어디에서 구입할 수 있나요, 댓글이 주르르 달렸다. 사실 투고했다가 떨어진 소설이에요 하고 적당히 실망한 기색을 담아 답을 올리면 정혜보다 더 큰 분노의 반응이 달렸다. 말도 안 돼요. 정말 우리나라 문학 판은 패거리로만 움직이나 봐요. 상투적인 비난이지만 그런 말이 다 위로가 됐다. 그래, 그런 거다, 소설에 문제가 있는 게 아니라 그들만의 리그에 끼워 주지 않은 거다, 정혜의 소설을 제대로 읽어 본 적도 없는 사람의 옹호와 대리 비난에 정혜는 기꺼이 동의하고 감사했다.

그런데 영화를 찍는 정혜는 어디로 간 것일까. 온라인 밖 어디에서 그녀의 꿈을 품어 준다고. 혀를 차면서 정혜는 오랜만에 문서 파일을 열었다. 쓰기는 써야 할 것 같았다. 누가 정혜를 죽였을까. 스토커? 강도? 아니면 정혜를 인정해 주지 않는 이 사회? 아니다. 답은 뻔하다. 아무리 생각해도 한 명밖에 떠오르지 않았다. 답은 정혜다. 정혜는, 정혜가 죽었다.

*

영화를 찍는 정혜는 한 달도 안 걸려 시나리오를 완성했다. 글을 쓰는 정혜는 메일함에 도착한 다른 정혜의 시나리오를 보고 당황했다. 그때까지 글을 쓰는 정혜는 채 한 문단도 쓰지 못했다. 틈틈이 고민을 하는 중이기는 했다. 그렇지만 마땅한 문장이 떠오르지도 않았고, 문장을 찾기 위해 몰두할 시간도 내지 못하고 있었다. 그즈음에는 SNS를 할 겨를도 없었다. 이혼하면서 남편에게 맡긴 아이가 다시 찾아온 것이다. 아이 할머니가 아프다고 했다.

이혼을 할 때 당사자들 중 누구도 아이는 엄마가 키워야 한다고 말하지 않았다. 사정 모르는 사람이나 그래도 애는 엄마가 키워야지 같은 말을 보탰지만, 이혼하는 날까지도 아이는 정혜가 아닌 정혜의 시어머니, 그러니까 할머니와 사는 날이 더 많았다. 아이를 직접 키워보려고 몇 번이나 노력했지만 잘되지 않았다. 아이를 보냈다가 다시 데려왔다가 하는 일이 점점 잦아졌다. 이혼하던 무렵에는 정혜가 아이를 데리고 있었다. 이혼 직전 정혜는 아이를 직접 아이 할머니에게 데려다줬다. 이번이 영이별이라는 걸 모를 리 없는데 눈치 빠른 아이는 떼를 쓰지 않았다. 정혜와 있는 일이 아이에게도 힘들었을 것이다.

너 먹고사는 건? 아이를 남편 집에 데려다주러 갔을 때 아이를 가만히 쓰다듬어 집 안으로 들여보내며 시어머니가 물었다. 대답 없이 정혜는 그녀의 얼굴만 바라보았다. 대책 같은 게 있을 리 없었다. 그녀의 얼굴을 보고 있자니 조금 슬펐다. 남편과 함께 사는 동안 그녀의 보살핌이 컸다. 시어머니였지만 정혜에게는 시어머니 같지 않았다. 여느 친정 엄마들이 할 법한 일을 대신 해 주고, 그러면서도 정혜의 삶에 함부로 끼어들지 않았다. 정혜에게는 한 번도 없던 엄마 같았다. 그래서 정혜는 연애할 때부터 그녀를 엄마라고 불렀다. 엄마가 있잖아. 그녀의 입술이 실룩거렸다. 우는 것 같기도 하고 웃는 것 같기도 했다. 생활비 조금씩 보내마. 어미가 힘들면 새끼도 고된 법이야. 버림받는 것 말고 무슨 더 큰 상처가 있을까. 그렇게 아이를 맡기고 온 후 정혜는 먼발치에서라도 아이를 보러 간 일이 없다.

계획도 준비도 없이 찾아온 아이였다. 어쩌지 고민하는 사이에 열 달이 지나갔다. 아이를 낳고도 어째야 할지 몰라 허둥댔다. 아이는 작고 따뜻하고 보드라웠지만 정혜가 상대하기에는 늘 버겁고 두려운 존재였다. 무엇보다 울음소리를 견딜 수가 없었다. 재우고 먹이고 기저귀를 갈고, 나머지 시간에는 안거나 업고 있어야 했다. 울지만 않는다면 무슨 수든 쓰고 싶었다. 모른 척하는 건 한계가 있었다. 아이의 울음은 늘 강하고 질겼다. 오죽하면 산적도 아기 울음은 피해 달아난다는 옛말이 다 나왔을까. 집 안에서 도망칠 곳은 화장실뿐인데, 라디오 볼륨을 높이고 물줄기를 세게 튼 채 그 안에 있으면 방치된 건 아기가 아니라 정혜 자신 같았다. 그리고 그렇게 절망을 자각할 틈도 없이 옆집, 윗집 혹은 아랫집 누군가가 찾아와서 문을 두드렸다.

아이가 울 때마다 쓰다 만 원고들이 눈에 어른거렸다. 이대로는 끝내지 못할 것이다. 아이를 포대기에 업고 대하소설을 쓰기도 했다는 작가들의 일화가 제일 싫었다. 그놈의 하면 된다 주의. 식탁에 서서 물에 만 밥을 허겁지겁 먹다가 수저를 잘못 놀려 밥그릇을 바닥에 쏟던 날 정혜는 바닥에 흩어진 젖은 밥알과 변함없이 울어 대는 아이를 두고 집 밖으로 나왔다. 한참을 밖에서 배회하다 들어가니 아이는 잠들었고, 남편은 야근 중이었고, 밥알은 말라 있었다. 아무도 모르는 가출이었다.

그 후로도 몇 번 그런 가출을 했다. 딱히 갈 곳은 없었다. 멀리 가지도 못했고, 오래 도망치지도 못했다. 집 근처를 배회하는데도 삼십 분만 지나면 가슴이 뛰었다. 무슨 일이 생겼을까 봐 뛰어 들어가면 아이는 정혜가 여러 겹으로 안전장치를 해 둔 침대 안에서 모빌을 보거나 울거나 자고 있었다. 어느 날은 그만큼도 멀리 못 가고 현관문 밖에 내내 쭈그려 앉아 있기도 했다.

두어 번 정도 L의 술집에 갔다. 알 만한 문화계 인사들이 여전히 그곳에서 새로운 세계를 창조하고 있었다. 그들은 오랜만에 보는 정혜를 반기면서 물었다. 아이는? 남편은? 그게 전부였다. 글은 잘 쓰고 있느냐, 다음에는 어떤 작업을 하느냐 묻는 사람은 없었다. 정혜가 억지로 열망을, 그 열망이 허무하게 부서지는 일상을 토로할 때도 귀 기울여 듣는 이가 없었다. 아이 키우면 그

게 창조지. 문학이 중요한가. 애 잘 키워. 그게 세상에
공헌하는 일이야. 글은 나중에도 쓸 수 있어. 못 쓰면 또
어때. 그런 말로 정혜의 말을 막았다. 원래도 이방인이
었는데 영영 못 돌아갈 이방인이 된 것 같아서 이내 그
곳에도 갈 수 없었다. 그저 아이만 미웠다. 남편만 원망
스러웠다.

그날도 아이가 그치지 않고 울어 댔다. 어르고 어르
다 참을 수 없어 다른 소리로 막는답시고 TV를 틀었더
니 영화가 나오고 있었다. 바람 난 여인이 집을 나가려
고 아이 분유에 수면제를 타 먹이는 장면이었다. 영화에
서도 아이가 울었다. 수면제라면 집에도 좀 있었다. 늘
피로에 허덕이는데도 잠을 자지 못해 병원에서 처방받
은 것이었다. 먹어 본 적은 없었다. 아이를 두고 잠들었
다 무슨 일이 생길까 봐 무서웠다. 정혜는 서랍에 넣어
둔 수면제를 꺼냈다. 아이는 여전히 울고 있었다. 아이
를 사랑했다. 그러나 도망치고 싶기도 했다. 어느 쪽이
진심일까. 잠들고 싶지만 잠들기 두려운 밤 같은 그런
사랑이 있다는 걸 어떻게 설명해야 할까. 먹지도 못하
면서 처방받은 수면제를 앞에 두고 있자니 눈물이 나기
시작했다. 그 모습을 우연히 들른 시어머니에게 들켰다.
그녀는 아무 말 없이 정혜를 바라보다가 아이는 내가 좀
데려가마 하고는 짐을 챙겼다. 남편에게는 아이 엄마한
테도 휴식이 필요한 법이라고만 말했다.

그런 시어머니가 암에 걸렸다고 했다. 말기라고 했다. 어린아이와 병든 노모, 혼자서 아무것도 할 수 없는 사람이 집에 둘이나 있었지만 그렇다고, 그래서 더욱더 남편이 생업을 포기하고 그들을 돌볼 수는 없었다. 어머니는 요양 병원에 부탁할 수 있지만 아이는 달리 맡길 곳이 없었다. 남편은 아이를 정혜에게 데려왔다.

"나 글 써야 해. 중요한 계약 있어."

"당분간만."

기간을 정하지 않은 당분간은 당분간일 수 없었다.

"혼자 하는 일 아냐, 영화감독이랑 같이 하기로 했어. 약속 지켜야 하는 일이야."

말은 냉정하게 했지만 정혜는 아이를 밀어 내지는 못했다.

"낮에는 유치원에 가. 종일반으로 옮겨 놓았어. 저녁에는 태권도장에 보내면 돼. 장담은 못 하겠지만 일찍 퇴근해 보도록 할게."

마치 모르는 여자에게 아이를 맡긴 듯 남편은 미안한 목소리로 말했다.

"당분간이야, 아주 당분간만이라고!"

마지못한 듯 짜증을 내면서도 정혜는 아이의 가방과 물건을 차곡차곡 안으로 들여놓았다. 아이가 그런 정혜를 힐끔 보더니 조용히 방문을 열고 들어갔다. 살금살금 걷는 뒤꿈치 양말이 헤져 있었다. 누구보다 깔끔한 시어머니였다. 먹는 것도 입는 것도 할머니 손 타는 아이 같지 않게 하려고 늘 애를 썼다. 언제 구멍 날지 모를 아이의 양말이 꼭 그들 처지 같아 가슴이 덜컥 내려앉았다.

정혜는 되도록 무심한 목소리로 남편에게 물었다.

"그래서 엄마는 어디에 있는데?"

*

단편영화 시나리오니 그렇겠지만 정혜의 시나리오는 꽤 짧았다. 젊고 개성 있다는 평가를 듣는 만큼 스릴러물을 쓰지는 않았을까 생각했는데 의외로 담담했다. 여행을 떠났다가 버스 사고로 죽은 정혜가 걷고 있는, 살아 있을 때와 다르지 않은 사후 세계의 일상을 보여 주고, 남아 있는 사람들의 인터뷰를 통해 정혜의 삶을 증언했다. 지기 싫어하는 정혜, 영화감독이 되고 싶었던 정혜, 방송사 공채에서 밀려난 후 흔한 청춘 백수 중 한 명이 되어 꿈도 희망도 의지도 사라진 정혜. 자전적으로 보이는 이야기였지만 정혜만의 이야기 같다는 느낌도 없었다. 그 세대의 보편적인 이야기이기도 했고, 무엇보다 시나리오 속의 정혜는 직간접적으로 만난 정혜에 비해 지극히 평면적이었다. 당돌하지도 않고 의연하지도 않았다. 이 정도라면 내가 훨씬 잘 쓸 수 있어, 싶은 생각이 들 정도였다. 물론 남편이 지금 나에게 아이를 맡기지 않았다면 말이지, 하는 생각을 덧붙이기는 했다.

아이 할머니가 있다는 요양 병원은 서울의 끝자락에 있었다. 교통편이 좋지 않았다. 아이를 유치원에 보내고 정혜는 혼자서 그 병원을 찾아갔다. 아이를 보고 싶어 한다는 말은 들었지만 혼자서 만나고 싶었다. 아이를 보여 주는 건 남편이 할 일이었다.

병실은 6인실이었는데 모두 어디로 갔는지 비어 있었다. 복도에 간병인으로 보이는 이가 있었으나 물어보려니 어떤 관계인지 물으면 대답할 말이 마땅치 않았다. 그래서 정혜는 크지 않은 병원의 이곳저곳을 찾아다녔다. 병실에서 먼 곳부터 돌았는데 의외로 병실 가까운 휴게실에서 시어머니를 찾았다. 주사 병이 주렁주렁 달린 거치대가 옆에 서 있었다.

시어머니는 TV를 보는 중이었다. 농구 경기가 한창이었다. 평소 드라마도 보지 않는 양반이 희한하게 농구 경기는 늘 넋을 놓고 보았다. 언젠가 지나가는 말처럼 그런 말도 했다. 난 말이다, 슬프면 농구를 본단다. 농구를 보고 있으면 슬픈 게 다 지나가. 한때 운동선수이기라도 한 것처럼 말했지만 그이는 작고 왜소한 체구였다. 스포츠에 흥미를 느껴 본 적이 없는 정혜는 그 말을 이해할 수 없었다. 그 말이 하도 인상 깊어 몇 번인가 일부러 농구를 찾아 보기도 했는데 저렇게 길고 덩치 큰 사내들이 경중경중 뛰어다니는 활기찬 스포츠 어디에 슬픔을 소멸시키는 무엇이 있다는 건지 짐작할 수 없었다. 그런데 이렇게 여러 개의 주사 병을 매달고 농구를 보는 노인을 보고 있자니 뭔가 쓸쓸한 느낌이기는 했다. 정혜는 시어머니 옆자리에 가만히 앉았다. 시어머니는 정혜가 앉은 줄도 모르고 TV에 열중해 있다가 정혜가 손을 가만히 쓰다듬자 돌아보았다.

"엄마, 슬퍼?"

"슬프긴. 왜?"

"농구 보잖아."

"농구가 왜?"

"슬플 때는 농구 본다면서."

"몰라. 내가 언제. 실없기는."

시어머니는 다시 TV를 향해 고개를 돌렸다. 시선을 고정한 채 말만 이어 나갔다.

"난 아무래도 죽을 것 같다."

"죽기는 왜 죽어."

"죽어도 괜찮아. 살 만큼 살았어. 니들 고생 안 시키고 가야 하는데 말야."

TV 속 경기는 바쁘게 돌아갔다. 빠른 패스와 드리블. 그리고 몇 번의 슛이 어지럽게 반복됐다.

"나 안 미워?"

"밉긴."

"왜 아범하고 다시 합치란 말은 안 해?"

"둘이 안 맞아."

"그런데 왜 나한테 잘해 줘?"

"미안하잖아."

"뭐가?"

"애 엄마로 사는 게 답답한 너를 내 아들놈이 덜컥 엄마 만들어 놓은 거잖아."

"다 자기 팔자대로 사는 거지."

시어머니가 마른 손으로 정혜의 손을 꼭 그러쥐었다.

"그래, 너는 네 팔자대로 살아. 인연이란 거 다 따로 있어."

그 목소리가 너무 단호해서 오히려 서운할 지경이었다. 말머리를 돌리려 정혜가 어리광을 부리듯 말했다.

"어쨌든 죽지 마. 엄마가 죽으면 누가 나 용돈 줘."

시어머니가 피식 웃었다. 정혜도 웃었다. 그리고 두 사람은 나란히 시선을 TV로 옮겼다. 키가 훌쩍 큰 사내들이 경중경중 뛰며 거칠게 공을 주고받았다. 시어머니는 말이 없었다. 두 여자는 그렇게 한참 동안 나란히 앉아 농구 경기를 보았다. 어떤 점프도 슬프지 않았다. 어떤 슛도 위로가 되지 않았다. 휴게실에 내려앉은 햇살이 차라리 마음을 다독이는 그런 오후였다.

영화를 찍는 정혜의 두 번째 메일은 영화 작업을 시

작했다는 소식이었다. 시나리오가 끝인 줄 알았는데 영화로 만드는 일까지 하려는 모양이었다. 글을 쓰는 정혜도 어떻게든 다음 문단을 쓰려고 하는 중이었다. 오랜만에 만난 아이는 정혜에게 곁을 주지 않았다. 말도 걸지 않았고 떼도 쓰지 않았다. 아무도 없는 것처럼 혼자서 가방을 챙기고 혼자서 옷을 입었다. 밥을 차려 줘도 먹으라는 말이 없으면 먹지 않았고, 먹으라고 하면 대꾸도 없이 허겁지겁 먹고 방구석 어딘가로 사라졌다. 그림자처럼 최대한 정혜에게 들키지 않으려고 노력했다. 본척하고 싶지 않았지만 못 본 척도 되지 않았다. 아이에게 휘둘리지 않으려면 다른 데 정신을 쏟아야 했다. 한동안 뜸했던 SNS에 들어갔으나 자꾸 영화를 찍는 정혜의 계정만 기웃거리게 됐다. 정혜의 계정은 처음 발견했을 때 그랬던 것처럼 조용했다.

누가 정혜를 죽였을까. 정혜가 쓴 시나리오는 여러 가지 해석의 여지를 남겼다. 직접적인 사인은 교통사고, 간접적인 사인은 좌절감. 아니다, 시나리오 속 정혜는 시나리오를 쓴 정혜가 죽였다. 그런데 과연 정혜가 죽인 정혜는 어떤 정혜일까. 그저 이름만 같은 시나리오 속 인물일까, 아니면 자신의 모습을 시나리오 속에 밀어 넣은 걸까. 글을 쓰는 정혜가 약속대로 글을 마치게 된다면 그 속의 정혜는 또 누구일까. 이 프로젝트가 끝나면 두 명의 정혜가 두 명의 정혜를 죽이게 되는 셈이다. 정말 두 명일까. 만약 각자의 작품에 상대의 모습을 그려 넣는다면 두 정혜는 자신을 알아볼 수 있을까. 난 센스 퀴즈 같은 의문이 글을 쓰는 정혜의 머리를 떠나지 않았다.

그사이에 영화를 찍는 정혜는 써 놓은 시나리오로 영화까지 완성했다. 영화제 출품에 시간을 맞추기 위해서 서두른 것 같았다. 그런데 영화로 제작하면서 정혜는 작품 제목을 바꾸었다. 다른 건 다 그대로인데 주인공 이름을 바꾼 것이었다. 정혜를 죽이기로 해 놓고, 시나리오에서 이미 다 죽여 놓고 정작 영화에서는 다른 이름으로 죽게 했다. 왜 갑자기 주인공 이름을 바꾸었는지 글을 쓰는 정혜가 조금 따지듯 물었을 때 영화를 찍는 정혜는 금세 대답하지 못했다. 약간의 시간을 두고 머뭇거리듯 대답하기는 했는데, 막상 그 이름을 쓰려니 기분이 이상하더라고요가 전부였다. 글을 쓰는 정혜는 그 말을 차마 자신을 죽일 수는 없었다는 말로 이해했다. 나약하네. 자신을 죽일 용기도 없이 어떻게 예술 작품을 만들어. 그런 생각을 했지만 말은 하지 않았다. 자신의 이름을 내세워 사회가 젊은 꿈을 죽이고 있다고 말했다가 이름만 바꾼 건, 그런 모멸과 불평등에도 불구하고 여전히 자신은 살아 있고 싶은 욕망 아니겠느냐는 말도 굳이 하지 않았다. 논쟁을 할 마음도 없었고, 무엇보다 글을 쓰는 정혜가 죽여야 하는 혹은 죽이고 싶은 정혜도 어쩌면 자기 자신은 아닐지 모른다는 생각이 들어서였다. 누가 함부로 자신을 죽일 수 있겠는가. 그래서 좋은 작품 기대할게요, 그렇게만 말했을 뿐이었다.

*

시어머니가 세상을 떠난 건 석 달이 지난 후였다. 그 사이 영화를 찍는 정혜의 영화는 제법 중요한 몇몇 영화제에 초대되었다. 평가도 나쁘지 않았다. 정혜의 글은 여전히 한 문단 이상 진행되지 못했다. 처음 영화 상영 소식을 들었을 때 글을 쓰는 정혜의 마음은 질투로 가득 찼다. 처음에는 어떻게든 보지 않으려다가 어느 날 술에 취해 대체 저 혼자 어디로 달려간 건가 괘씸한 마음으로 정혜의 단편영화를 찾아보았다. 주인공의 이름 말고 시나리오에서 달라진 대목은 없었다. 시나리오로 읽을 때는 다소 평범하다 싶었는데 영화로는 꽤 세련된 작품이었다. 글을 쓰는 정혜에게 시나리오를 읽는 안목이 없든가 시나리오와 영화 사이에 간극이 큰 모양이었다. 그게 더 큰 배신감을 안겨 줬다. 함께 동반 자살하기로 해 놓고 아무렇지도 않게 혼자 살아 나간 사람을 본 그런 기분이었다고 할까. 그러다 한순간 정혜는 시나리오에 없던 장면을 하나 발견했다. 덜컥 가슴이 내려앉았다. 어쩌면 저 한 장면 때문에 정혜는 정혜를 죽이지 못

했겠다. 불쑥 그런 생각이 들었다. 그렇게 생각하니 목울대가 아팠다.

　시어머니의 발인에 정혜는 다시 아이를 데려갔다. 상복을 입고 퀭하게 앉아 있던 남편이 아이의 머리를 쓰다듬었다. 아이와 함께 향을 피우고 절을 올렸다. 영정 속 시어머니의 얼굴은 무심하게 평온했다. 농구를 보면 왜 슬픔이 사라지는지 끝내 묻지 못했다. 대신 이제 농구를 보면 정혜가 아무 일 없다가도 슬퍼질 것이다. 별것도 아닌 사소한 질문에 대한 답만 끝내 감추고 가는, 그런 게 삶의 비의일지도 모르겠다는 생각을 했다. 상주와는 절을 하지 않았다. 따지고 보면 아이도 상주였다. 대신 함께 음식을 나눠 먹었다. 육개장 국물이 아이 입술에 벌겋게 묻었다. 매워하는 아이 입술을 남편이 물티슈로 닦아 주었다. 밥을 다 먹은 아이는 쪼르르 제 사촌들에게로 갔다.

　"나는, 못 키워."

　남편과 눈을 마주치지 않으며 말했다.

　"응, 알아."

　남편은 선선히 대답했다. 다른 방도가 있지는 않을 것이다. 봄이 오면 아이는 학교에 들어간다. 맞벌이나 한 부모 가정 자녀를 위한 돌봄 교실과 학원을 돌고 돌겠지만 남편이 끝내 아이를 데리러 올 수 없는 날도 자주 찾아올 것이다.

"재혼 안 해?"

"해야지."

"⋯⋯잠깐은 내가 더 봐 줄 수 있어."

"⋯⋯그래 주면 고맙고."

옆 상가에서 울음이 터졌다. 누군가 입관을 마친 모양이었다.

정혜는 집에 돌아가서 아이에게 간식으로 줄 떡과 과일을 좀 챙겨 들고 밖으로 나왔다. 손잡을 줄 모르는 아이는 앞서 걸어갔다. 아이를 맡았으니 당분간 글은 쓰지 못할 것이다. 아이를 내팽개친 동안에도 글은 쓰지 못했다. 어떤 상황도 글을 쓰게 할 수는 없을 것이다. 사실은 무엇을 써야 하는지, 무엇을 쓰고 싶은지, 왜 쓰고 싶은지 시간이 지날수록 더 알 수 없었다. 정혜의 영화가 계속 떠올랐다.

영화 속 주인공은 카메라를 잃어버렸다. 시나리오에서 주인공은 죽기 전에도 죽은 후에도 한 번도 카메라를 놓지 않았다. 카메라는 영화를 찍는 정혜보다 더 정혜일 것이다. 카메라가 없는 정혜는 더 이상 정혜일 수 없다. 이름을 바꾼 것이 아니었다. 정혜는 정혜를 잃어버린 것이었다. 그렇다면 영화제에서 활짝 웃던 그녀는 여전히 전에 알고 있던 정혜일까. 그랬으면 좋겠다는 생각과 그럴 리가 없다는 생각이 동시에 떠올랐는데 어느 마음이 진심인지는 모르겠다. 정혜는 고개를 가로저으며 횡단보도 앞에 서 있는 아이를 쫓아 발걸음을 옮겼다.

아무래도 정혜는 내가 죽여야겠다. 죽어야 사는 것들이 있는 법이다. 세상을 구원하지는 못하더라도 말이다. 삶은 늘 불편하고, 글은 늘 쓸 수 없는 사정으로 가득 차 있지만, 그래도 누가 정혜를 죽였는지에 대해서는 꼭 써야겠다고 정혜는 빨간 불빛이 깜박이는 신호등 앞에서 다짐했다. 다른 건 아무래도 좋았다.

---

* 소설 속에 언급된 「누가 정혜를 죽였나」의 시나리오 내용은 단편영화 「누가 공정화를 죽였나」(한지혜, 2012)에서 일부 빌려 왔습니다. 그 밖의 소설 내용과 인물은 모두 허구입니다.

무영에 가다

무영에 간 건 두 번이다. 두 번째는 케이와 함께였다. 서울역에서 기차를 탔고, C 시에 내리니 해가 중천이었다. 표를 내고 나오자마자 나는 역사 앞에 있는 화장실에 들러 볼일을 보고 손을 씻었다. 밖으로 나오니 케이가 담배를 피우고 있었다. 나는 근처 자판기에서 커피 두 잔을 뽑아 케이에게로 갔다. 커피를 받아 들며 케이가 물었다.

"이제 어디로 가면 되죠?"

역 앞은 좌우로 뻗은 1차선 도로였다. 맞은편은 밭이었는데 무엇을 심었는지는 알 수 없었다. 왼쪽과 오른쪽을 번갈아 보다 나는 오른쪽 방향을 택했다. 마침 그 방향으로 떠나는 버스 한 대가 정류장에 서서 사람들을 태우고 있었다. 버스 앞 유리창에 행선지로 보이는 지명이 적힌 플라스틱 팻말이 놓여 있었으나 읽지 않았다. 무영은 좌표를 따라 찾아가는 곳이 아니다. 케이는 뭔가 미심쩍은 표정이었지만 더 묻지 않고 나를 따라 버스에 올라탔다. 사람을 몇 명 더 태우고서야 버스는 출발했다.

우리가 탄 버스는 C 시의 중앙을 관통하는 버스였다. 논과 밭을 지나자 아파트촌이 나오고 대형 상가들이 밀집해 있는 거리를 지나갔다. 길은 번화가로만 이어졌다. 무영은 이런 곳에는 없다. 나는 버스에서 내렸다. 그리고 다음 도착하는 버스에 올라탔다. 이번에도 노선은 확인하지 않았다. 두 번째 탄 버스는 시 외곽을 돌아 다시 역으로 가는 버스였다. 버스 내부에 붙은 노선도를 무심코 읽다가 그 사실을 알았다. 그래서 다섯 정류장 정도 지났을 때 다시 버스에서 내렸다. 그리고 같은 방식으로 다른 버스에 올랐다. 텅 비어 있던 앞의 두 버스와 달리 사람이 제법 많았다. 두 번째 버스로 갈아 탈 때 무영에 가기는 가는 겁니까 묻던 케이는 내가 아무런 대답도 하지 않자 더 묻지 않고 나를 따라 버스에 탔다가 내리고 다시 올라탔다.

세 번째 버스는 인근 관광지를 도는 버스였다. 정류장마다 한 떼의 사람들이 내리고 또 그만큼의 사람들이 새로 올라탔다. 나는 사람들이 가장 많이 내리는 곳에서 내렸다. 마치 일행인 것처럼 그 많은 사람들이 우르르 한 방향으로 몰려갔다. 나도 그들을 따라갔다. 가고 보니 호수로 들어가는 유원지 입구였다. 입구 안쪽으로 플라스틱 배가 둥둥 떠다니는 호수가 보였다. 나는 그리로 성큼성큼 발걸음을 옮겼다.

"무영입니까?"

"네, 무영입니다."

호수 주변, 사람이 비교적 적은 나무 그늘을 골라 앉았다. 케이가 근처 매점에 가서 생수를 두 병 사 왔다. 나란히 마개를 열고 첫 모금을 넘기는 순간 물이 목에 걸렸다. 나는 좀 과하게 사레 기침을 뱉었다. 케이가 내 등을 가볍게 두드렸다. 그 손길이 어찌나 나직나직하던지 기침이 아니라 울음을 달래 주는 것 같았다.

"어, 고래다."

등을 토닥이던 손을 멈추고 케이가 말했다.

기침을 하느라 눈물이 어룽진 눈으로 나는 호수를 바라보았다. 햇빛은 여전히 반짝거리고 있었고, 하얗고 파란 무늬의 배들이 천천히 떠다니고 있었는데, 오리인 줄 알았더니 고래 모양의 배였다. 배 안에서는 저마다 짝을 이룬 이들의 웃음소리가 새어 나왔다. 페달을 밟는 이들이 균형을 잃을 때마다 고래도 뒤뚱거렸다. 그럴 때마다 고래의 청회색 몸뚱이가 햇빛을 받아 반질반질하게 빛났다. 뒤뚱거리는 고래를 보고 있자니 가슴 한편이 서늘하게 내려앉는 기분이었다. 시공간의 좌표를 무시하고 달려왔는데 마치 추억과 대면하듯 오래전 그날과 똑같은 장소에 앉아 있게 되다니. 우연치고는 참 묘한 우연이었다.

"오랜만이군요."

케이가 중얼거렸다. 오랜만이라고? 나는 케이의 얼굴을 보았다. 케이는 여전히 호수를 바라보는 중이었다. 우리가 앉아 있던 나무의 그늘이 케이의 턱선에 어룽거렸다. 케이는 어디에서 고래를 만났을까. 그날 그곳에서 나와 함께 고래를 보았던 사람은 케이가 아니었다.

그렇지만 나는 아무것도 묻지 않고 케이의 말을 그대로 따라 했다.

"네, 오랜만입니다."

기침은 완전히 가라앉았다. 풍경으로만 보자면 더할 수 없이 평화로운 오후였다. 케이와 나는 생수병에 남아 있는 물을 천천히 마시며 수면에 부서지는 햇살 사이로 뒤뚱뒤뚱 춤을 추는 고래의 자맥질을 바라보았다. 중천에서 기울어지기 시작했는지 햇빛이 순해지고 있었다. 그 아래 케이의 등이 둥글게 휘어 있었다. 늙어 가는 모양이었다. 고목나무 등걸처럼 구부러진 케이의 등을 보며 묻고 싶었다.

와이는 어떻게 죽었습니까.

*

　마음을 따라 길이 걷던 날이 있다. 사방 뻗은 길은 모두 막다른 골목이어서 바닷가 거친 파도도 벽보다 단단하게 일렁이던 시절이었다. 길 없는 길로 마음이 내처 달렸더니 그 마음에 매달려 빙빙빙 길이 돌고 있었다. 길의 여행이라고나 할까. 내 마음에서 떠난 길이 내 마음으로 돌아오고, 길을 떠난 마음이 다시 길로 돌아오는. 그런데 돌아온 마음이 떠난 마음이 아니고, 돌아온 길도 떠난 길이 아닌 것은 아마도 시간 때문, 우리가 떠날 수 있는, 돌아오지 못할 여행은 오직 흐르는 시절뿐이라지. 마음은 과거를 향하고, 몸은 미래를 향해 늙어 가는 외로운 이분법.

죽고 싶다는 말을 뭐 그렇게 어렵게 해?
　인터넷에 띄운 의미 없는 글에 와이가 댓글을 달았다. 아니다, 와이가 띄운 글에 내가 댓글을 달았던가.
　날마다 기차를 타던 시절이었다. 목적지는 딱히 정해져 있지 않았다. 발랄한 스무 살을 지나 조로한 청춘 같은 서른이 되기 전의 나이. 취업에 실패하고, 사랑도 얻지 못하고, 여기저기 구걸하듯 시작한 일은 장사든 날품이든 손대는 족족 망해 버려서 주위 사람 누구 하나만 앙심을 품으면 바로 사기죄로 현상 수배 명단에 얼굴 올리기 직전이었다.

낮에는 일당 잡부로 일하고, 해가 지면 그날 받은 돈으로 살 수 있는 만큼의 표를 끊어서 밤마다 기차를 탔다. 동으로, 남으로 혹은 서로. 방향은 달랐지만 매일의 벌이가 뻔했으므로 갈 수 있는 거리도 뻔했다.

날마다 기차를 탔고, 날마다 돌아왔다. 기대도 없고 희망도 없었지만 낯선 곳에서 새로운 인생을 기대하거나 반대로 썩은 나뭇가지 부러뜨리듯 인생을 확 꺾어 버릴 만한 의욕은 더더욱 없었다. 저승 가는 차표라는 게 있어서 돈만 내면 따로 수고를 하지 않아도 알아서 이 세상에서 저세상으로 휙 넘겨 준다면 모를까 그렇지 않다면 세상 어디를 가든 바뀌는 것은 없었다. 그걸 알면서도 기차를 타는 건 단지 잠을 자기 위해서였다. 집은 없었고, 고시원 같은 곳에 낼 돈은 아까웠고, 찜질방은 너무 휑했고, 노숙은 불편했다. 조용하고 쾌적하기로야 심야 고속버스가 나았겠지만 너무 어둡고 고요해서 무덤 속 같았다. 그래서 나는 기차를 타고 덜컹거리는 소음 속에서 잠을 잤다.

목적지에 도착하면 역 가장 가까운 곳에 있는 피시방에 들어갔다. 뜨거운 컵라면과 자판기 커피, 그리고 몇 대의 담배. 하루치의 일용할 양식을 그 시간에 모두 먹고 마셨다. 컴퓨터는 나와 식탁을 마주한 상대일 뿐이었다. 게임도 할 줄 몰랐고, 인터넷으로 찾아볼 만큼 궁금한 소식도 없었다. 세상과 잘해 보겠다고 나섰다가 번번이 나가떨어진 마당에 세상 굴러가는 소식 따위 알 필요도 없었다.

그러다 우연히 채팅을 했다. 한번 한 사람과는 다시 하지 않는 그런 채팅이었다. 그런데도 나는 신분을 속였다. 여자였다가 남자였다가 아이였다가 어른이었다가 나는 날마다 다른 사람이 되었다. 상대도 마찬가지라는 건 조금 더 시간이 지나서야 알았다. 그렇게 와이를 알게 되었다. 직업이 코디네이터라고 했다. 뭘 코디하느냐고 물었더니 죽음을 코디한다고 했다. 장의 업체 같은 거냐고 물었더니 깔깔거리는 이모티콘이 떴다. 자신은 살아 있는 사람들의 죽음을 코디한다고 했다. 자살하려는 사람들을 위해 적당한 장소를 구해 주거나 빌려주고, 방법을 가르쳐 주고, 때로는 동반자를 소개해 주기도 한다고 했다.

왜 그런 일을 해요?

내 물음에 와이의 커서가 깜박거렸다.

나는 자꾸 실패하거든요.

와이와는 몇 번 더 대화가 이어졌다. 어떻게 알아내는지 내가 접속하면 와이가 나를 불렀다. 내가 아무리 신분을 바꿔도 와이는 늘 나를 알아챘다. 그래서 어느 순간부터 나는 아무 이름에도 숨지 않고 그냥 나로 와이와 대화했다. 그러던 어느 날 와이가 특이한 제안을 했다. 지금도 자신은 종종 자살을 시도하고 있는데 다음에 자살을 시도할 때는 미리 연락을 할 테니 자신이 죽은 다음에 찾아와서 시신을 거둬 달라는 거였다. 죽는 건 괜찮은데 아무도 모르게 부패하기는 싫다고 했다. 그렇게만 해 주면 일당의 다섯 배를 주겠다고 했다. 내가 받는 일당이 얼마인지도 모르면서 그렇게 말했다.

나, 일당 비싸요.

나는 돈 많아요.

식구나 친구는 없어요?

없는 걸로 해요. 그런 일로 연락했다가 빨리 와서 살려 놓으면 낭패고, 늦게 오면 괜히 서운하잖아요.

와이가 보내는 커서가 발칙하게 깜박거렸다. 내 삶을 바로잡기도 귀찮은 마당에 와이의 삶을 선도할 마음도 없어서 나는 반은 혹시나 하는 마음으로, 반은 장난으로 선수금을 주면 고려해 보겠다고 했다. 내 일당이라며 내가 받는 일당의 두 배와 빌려 쓰고 있던 동생의 계좌 번호를 알려 주었다. 그리고 컴퓨터 전원을 눌렀는데 며칠 후 동생의 계좌로 정말 돈이 입금되었다. 내가 속인 일당의 정확히 다섯 배, 그러니까 일당의 열 배나 되는 돈이었다.

*

　케이에게 무영으로 가라고 한 사람은 와이였다. 며칠 동안의 밤샘 업무로 피곤해서 곤히 잠든 케이를 흔들어 깨우더니 와이는 오래전 자신이 어떤 사람과 기차를 타고 갔던 무영에 대해서 떠들기 시작했다고 한다. 겨우 그런 일로 사람을 깨우느냐는 말은 할 새도 없었다. 뭐에 홀린 사람처럼 진지하고 동시에 몽롱한 표정이어서 혹시 몽유성 발작은 아닌가 하는 걱정이 들 정도였다. 오랜만의 숙면을 깨운 데에 대한 항의 같은 건 할 새도 없었다.

　정작 내용은 별거 없었다. 사랑을 시작하는 대개의 청춘 연가처럼 적당히 뻔하고 적당히 오글거리는 이야기도 아니었다. 낭만이랄 것도 없고 뭐 하나 특별하지도 않은 이야기를 와이는 발갛게 달아오른 얼굴로 더듬더듬 늘어놓았다. 중간중간 한숨을 쉬기도 하고 뭔가 아련한 눈빛을 보이기도 했지만 내용만으로는 질투조차 나지 않는 밋밋한 이야기였다고 했다. 그래서 그 사람이 어떤 사람인지, 어떻게 만나고 어떻게 헤어졌는지조차 케이는 묻지 않았다고 했다.

　그런데 별안간 이야기를 끊고 와이가 말했다. 무영으로 가. 케이는 처음에 와이의 말을 알아듣지 못했다. 그래서 다시 물었다. 뭐라고? 와이는 좀 싸증을 냈다고 했다. 무영에 가라고. 꿈을 꾸는 것 같던 표정은 간데없고 얼음물을 끼얹은 듯 냉랭하기 이를 데 없는 얼굴이었다. 헤어지자고 말하는 사람처럼, 그리하여 지긋지긋한 인연의 고리에서 제발 벗어나고 싶은 사람처럼 무심하게, 그러나 동시에 간절하게 말했다고 한다. 달리고 싶던 말의 고삐를 비로소 놓아주는 것 같은 표정이었다고도 했다.

그런 와이를 보면서 케이는 명치끝에 달려 있던 뭔가가 배꼽으로 툭 떨어지는 느낌을 받았다. 그것은 커다란 쇠처럼 무겁고 서늘했다. 나직하게 떨기 시작했고, 이내 작은 울림이 되더니 북처럼 둥둥 울기 시작했다. 무영으로 가. 어쩌면 그 말 한마디를 듣기 위해 이제까지 와이 곁에 남아 있었던 게 아닐까 케이는 그런 생각이 들었다고 했다. 무영으로 가라는 와이의 말은 그 순간 케이에게 계시 같았다. 탕, 신호총 소리. 때가 왔음을 케이는 깨달았다.

아직 어두운 시각이었다. 날이 밝으려면 한참을 더 기다려야 했다. 그렇지만 케이는 바로 가방을 꾸렸다. 꾸릴 것도 없는 가방이었다. 처음 와이의 집에 들어갔을 때보다 늘어난 짐은 없었다. 양말이든 속옷이든 늘어나면 늘어난 개수만큼 버리며 살아왔다. 일상용품뿐 아니라 자신의 모든 것에 대해 케이는 그렇게 했다. 머리가 자라면 자란 만큼만 자르고, 심지어는 몸무게조차 더 늘거나 줄지 않도록 조심했다. 케이는 그 시간이 자신에게는 보존의 시간이었다고 했다. 아무것도 변하지 않고, 누구와도 만나거나 헤어지지 않은 기간. 어쩔 수 없는 건 나이, 그러니까 시간뿐이었다. 늙는 건, 조금씩이라도 늙어 가는 건 어쩔 수 없었다.

가방을 꾸리고 한 치의 망설임도 없이 기차역으로 달려온 케이가 본 건 굳게 닫혀 있는 매표창구였다. 역사 바닥 곳곳에 노숙자들이 누워 자고 있었다. 역에 도착하면 당연히 자신을 기다리는 기차가 있을 거라고 생각했던 케이는 잠시 허둥댔다. 불 꺼진 매표창구를 노려보듯 서 있던 케이는 손바닥을 비벼 마른세수를 했다. 그리고 잠시 생각을 가다듬은 후 공중전화로 가서 와이의 휴대폰에 '무영'으로 저장되어 있던 번호를 눌렀다. 깊은 새벽이라 과연 전화를 받을까 불안했는데 오히려 벨소리가 울리자마자 전화를 받아 조금 놀랐다고 했다.

전화를 끊고 역사 안 매점에서 뜨거운 꿀차를 사 마시던 케이를 나는 한눈에 알아보았다.

그가 대뜸 물었다.

"무영에 가 본 적이 있으십니까."

"어쩌면요."

양어깨를 올리며 나는 애매하게 대답했다. 물론 나는 무영에 간 적이 있지만 무영에 갔다고 말할 수는 없었다. 그저 오래전 어느 날 마음이 흐르는 대로 길을 걸었는데 그 길의 이름 중 하나가 무영이었을 뿐이었다. 그리고 사실 그건 어떤 암호이기도 했다.

*

일생 동안 와이가 몇 번을 죽으려고 했는지는 모르지만 나를 만난 이후로는 세 번 정도 그랬다. 한번은 목을 맸고, 한번은 약을 먹었고, 한번은 손목을 그었다. 그때마다 와이는 내게 연락을 했다. 죽기 직전의 와이를 병원에 데려가 다시 살려 놓고, 담당 의사에게 꾸중을 듣고, 때로는 경찰서에 불려 가서 조서를 작성하고, 스스로가 해치려 했던 생명이라 보험도 적용되지 않는 어마어마한 병원비 청구서를 받아 오는 일이 모두 내 몫이었다. 물론 돈은 와이가 냈다. 미리 받은 사례금 말고 사전에 받아 둔 별도의 예비비가 있었다. 실패를 원한 사람처럼 와이는 늘 실패를 가정하고 일을 진행시켰다. 일만 저질러 놓고 병원 침대에 누워 그네를 타듯 생과 사를 오가다가 모든 뒷수습이 끝나면 그림처럼 일어나서 웃으며 말했다.

"당신은 너무 빨라. 조금 늦게 오라니까."

좁은 방에서 혼자 썩어 들어가지 않게 시신이나 수습해 달라고 돈 줬더니 번번이 살려 놓는다고 타박하면서도 와이는 다시 만난 생을 맘껏 즐겼다. 죽게 내버려 뒀으면 어쩔 뻔했나 싶을 만큼 즐겁고 행복하고 호의적으로 하루하루를 열심히 살았다. 죽으려고 했던 게 아니라 리셋 버튼을 누른 것처럼 다시 만난 하늘, 다시 만난 땅, 다시 만난 일상에 대한 경이로움과 찬탄을 늘어놓는 와이를 보고 있자면 배신감과 질투가 저절로 생겨났다. 그리고 한편으로 부러웠다. 잘 그렸든 못 그렸든, 실패했든 성공했든 기왕에 써 놓은 생의 흔적을 지우지도 못하고 덧쓰며 살아가는 내 앞에서 와이는 보란 듯이 지우개로 자신의 칠판을 쓰윽 지웠다. 다시 열성을 다해 새로운 낙서를 만들고, 마음에 들지 않으면 다시 지우고. 내가 볼 때 와이의 삶은 자살 미수로 얼룩진 삶이 아니라 거듭된 부활의 결정체였다. 몇 번이고 다시 살았고, 몇 번이고 다시 죽음으로 걸어갔다.

네 번째로 자살을 시도했을 때는 아예 시도하기도 전에 전화가 왔다. 동이 틀 무렵 울린 전화를 받았더니 다짜고짜 역으로 나오라고 했다. 한 시간 후면 출발하니까 얼른 와. 설렘이 잔뜩 묻은 목소리였다. 눈에 붙은 잠을 떼어 내며 시계를 보니 6시였다. 어디로 갈 건데? 응. 무영. 무영은 와이가 내게 입력시켜 놓은 일종의 명령어였다. 그 단어가 나오면 나는 언제 어디에서고 와이의 말을 따라야 했다.

역 광장에 도착하니 7시가 거의 다 되어 가고 있었다. 늦지는 않았는데 택시 기사가 엉뚱한 정류장에 차를 세우는 바람에 역사에 들어가기 위해 지하보도를 건너서 개찰구가 있는 2층으로 올라가야 했다. 와이는 내 것까지 개표를 마치고 이미 선로에 내려가 있었다. 나는 역무원도 없이 열려 있는 개찰구를 헐레벌떡 지나쳐 에스컬레이터 대신 계단으로 뛰어 내려갔다. 에스컬레이터에 서 있는 사람들에게 양해를 구하고 지나갈 만한 시간 여유도 없었다.

와이는 막 출발하려는 기차 출입문에 다리 하나를 걸쳐 놓고 있었다. 옛날 팝 가수의 얼굴이 프린트된 셔츠에 짧은 치마를 입고 가벼운 배낭을 멘 차림이었다. 한 손에 레귤러 사이즈의 커피 컵을 쥔 와이가 허겁지겁 뛰어 내려가는 나를 향해 다급하게 손짓했다.

"봤어? 내가 달리는 기차를 발 걸어 세운 거라니까."

계단을 거의 다 내려섰을 때 와이가 먼저 기차에 뛰어올랐다. 뒤이어 내가 올라타는 것과 동시에 기차가 출발했다. 상황만 놓고 보면 발로 세웠다는 말이 완전히 농담은 아니었다.

우리 좌석은 객차 중앙에 있었다. 새벽 기차인데 뜻밖에도 사람이 많았다. 짐을 올려놓는 사람들 사이를 아슬아슬하게 거슬러 겨우 자리를 찾고 나니 그제야 숨이 찼다.

"이제 어디 가는 거야?"

"꽃구경."

그러고 보니 행선지도 확인하지 못했다. 두 장의 표

를 모두 와이가 쥐고 있었다. 무영으로 간다고 했으니 무영이겠지. 와이에게는 세상 어디든 무영이고 세상 어디도 무영이 아니었으나 내게는 와이가 곧 무영이었다.

택시에서 내릴 때만 해도 새벽이었는데 기차가 출발한 순간은 환한 아침이었다. 창밖은 완연한 봄이었다. 활짝 폈던 목련이 뚝뚝 떨어지는 사이로 어떤 나무는 녹음을 피우려는 참이었다. 스치는 길마다 꽃그늘이 휘청거렸다. 창가에 앉은 와이는 저 마시던 커피를 내게 주고 유리창에 기대 졸기 시작했다. 잠든 와이의 얼굴 위로 그늘이 내렸다 빛이 내렸다 꽃이 어룽졌다 하며 길이 흘렀다.

식은 커피를 홀짝홀짝 마시며 와이의 얼굴과 너머로 보이는 창밖의 길을 번갈아 보고 있자니 처음 와이를 만나던 날이 생각났다. 괜히 입맛이 썼다. 나는 일어나서 기차 통로로 나갔다. 담배를 피우기 위해서였다. 햇빛은 눈부신데 달리는 기차에서 닿는 바람은 아직 서늘했다. 오슬오슬한 바람 속에서 담배 두 대를 연달아 피웠다. 아지랑이처럼 하얀 연기가 허공으로 날아갔다. 담배를 다 피우고도 한참을 더 그렇게 앉아 있다가 세면대에 달린 수도를 틀어 입을 헹구고, 세수를 하고, 자리에 돌아오니 그새 일어난 와이가 내릴 채비를 하고 있었다.

"만날 사람이 있어."

"누구?"

"동반자. 무영에 같이 갈."

"둘을 치워 달라는 건 계약에 없는 조항인걸."

"하나는 버리던가."

"그게 더 힘들다고."

"오케이, 따블! 됐지?"

한쪽 눈으로 찡긋 윙크까지 하며 호들갑을 떨었지만 역에는 아무도 나와 있지 않았다. 그러나 와이는 전혀 당황하지 않았다.

나와 있을 거라던 사람은 보이지 않고 우리가 도착한 곳은 한 번도 온 적 없는 낯선 도시였다. 와이는 공중전화로 걸어가더니 어디론가 전화를 걸었다. 어. 어. 그래. 응. 짧게 대답하는 와이의 입 모양만 보였다. 뭔가 장황한 설명을 들은 것 같았으나 막상 전화를 끊은 와이는 난감한 표정으로 양어깨를 으쓱거렸다.

"뭐래?"

"바쁘다는데?"

"죽기로 한 사람이 뭐가 바빠?"

"그러게. 유서 쓰나."

"미련 많은 사람은 못 죽는데. 남길 게 많나. 재벌이야?"

"그런가. 그럼 잘 꼬셔서 같이 살아 볼까."

"그럼 돌아갈까."

"아니야. 됐다. 살기 싫다."

"그럼 밥 먹자. 배고프다. 너는 죽을 사람이어도 나는 살 사람이야. 산 사람은 먹어야 한다."

"그렇게 죽어라 퍼먹는데 어떻게 안 죽나 몰라. 사람인지 식충인지."

"귀신이다, 그것도 네 전속 저승사자."

그 말에 깔깔깔 요란하게 웃어 대는 와이를 뒤로하고 나는 길을 건넜다.

역을 등지고 좌우로 뻗어 있는 길의 건너편은 시장이었다. 넓은 공터에 세운 비닐 천막 같은 시장이었다. 여기저기 규칙 없이 세운 나무 지지대가 거대한 비닐을 떠받치고 있었다.

지지대 사이사이마다 좌판이 놓여 있었다. 생선과 채소, 건어물 좌판을 지나니 그다음 좌판은 온통 먹을거리였다. 부침개, 돼지머리, 삶은 소라, 여러 가지 나물, 순대 따위가 규칙 없이 쌓여 있었다. 음식이 쌓인 안쪽에서는 여러 개의 솥에서 김이 오르고, 바깥쪽에는 일자로 된 나무 의자가 길게 늘어서 있는데, 어느 의자가 어느 집 것인지 구역도 알 수 없었다.

그중 한 의자에 앉아 와이와 나는 고기국물에 만 국수를 시켜 먹었다. 손놀림으로 봐서는 금방 삶은 것을 헹궈 말아 준 것 같은데 젓가락으로 집어 보니 퉁퉁 불어 있었다. 국물은 미지근했고, 살짝 비린 냄새도 났다. 와이는 그걸 국물 한 방울 남기지 않고 끝까지 먹었다.

허기에 비해 입맛은 동하지 않았지만 나도 마지막 한 가닥까지 호로록 씹어 삼켰다.

"돌아갈까?"

"아니, 여기서 놀자."

계산을 마친 와이는 다시 길을 건너서 역 앞 버스 정류장으로 갔다. 침 묻힌 동전을 하늘로 던졌다가 두 손바닥으로 탁 잡더니 세 번째로 오는 버스를 타야지 혼잣말처럼 중얼거렸다. 그 말이 끝나자마자 버스 세 대가 연달아 도착했다. 와이는 혼자 중얼거렸던 대로 가장 마지막 버스에 올라탔다. 어디로 가든 어디에 있든 상관없는 듯했다. 좌표 따위 크게 의미 없다는 태도였다.

사람들이 많이 내리는 곳에서 와이는 내렸다. 하얀 오리배가 둥둥 떠다니는 작은 호수가 근처에 보였다. 사람이 제법 많은 유원지였다.

화장실에 다녀오겠다던 와이는 자전거를 빌려 타고 나타났다. 앙증맞은 바구니가 달린 자전거였다. 뒤에 보조 좌석도 달려 있었다. 와이가 보조 좌석을 가리키며 타라는 시늉을 했지만 나는 고개를 저었다. 와이는 더 권하지 않고 혼자 자전거 바퀴를 굴리기 시작했다. 하얗게 머리를 풀어 헤친 벚꽃 그늘 사이로 와이의 몸이 묻혔다. 느리게 혹은 빠르게 달리며 가끔은 하늘을 나는 포즈로 두 손을 뻗기도 했다. 소풍 나온 아이 같았다. 호수는 제법 컸고 꽃그늘 속으로 아슴하게 사라지는 와이를 보고 있자니 중학교 때 한 번쯤 사귀고 싶던 옆집 여자애 같기도 했다.

다시 돌아온 와이는 바구니에 캔 커피 두 개를 담아 가지고 나타났다.

나는 캔 뚜껑을 따서 단숨에 커피를 마셨다. 시원해서 좋았지만 맛은 낙엽을 태운 것처럼 쓰고 떫었다. 나를 따라 고개를 뒤로 휙 젖히며 마시기를 시도하던 와이는 사레가 들렸다. 삼키지 못한 커피를 바닥에 뱉더니 기침을 하기 시작했다. 나는 와이의 등을 가볍게 두드려 줬다. 사레 들린 기침치고는 소리가 꽤나 나직나직해서 울고 있는 건 아닌가 싶을 정도였다.

"어, 고래다."

기침 때문에 어룽진 눈물을 닦다 말고 와이가 말했다. 나는 와이의 시선을 따라 호수를 바라보았다. 햇빛은 여전히 반짝거렸고, 하얗고 파란 오리 배들이 천천히 떠다니고 있었다. 배 안에서는 저마다 짝을 이룬 이들의 웃음소리가 새어 나왔다. 와이가 그 지점 어딘가를 손가락으로 가리켰다. 그 끝에 정말로 오리 배보다 조금 작은 물고기 한 마리가 물 위로 솟아올랐다 가라앉았다 하며 작게 뜀을 뛰고 있었다. 살아 있는, 물기 가득한 진짜처럼 보였지만 사실은 고래 모양의 풍선이었다. 그래도 청회색 몸뚱이가 햇빛을 받아 반질반질 제법 실감 나게 빛났다. 오리 배와 멀지 않은 거리였지만 배에 타고 있는 사람들은 오리 배 사이를 떠다니는 고래에 별 관심을 두지 않았다.

"바다 보러 가자."

와이가 말했다.

"꽃구경이 모자라 바다 구경이냐? 이래저래 죽겠다는 팔자가 살겠다는 팔자보다 낫구나."

투덜대면서도 나는 와이보다 먼저 일어났다. 이번에는 동전을 던져 아무 버스에나 오르는 일은 하지 않았다. 와이를 대신해 내가 길을 물었다. 멀지 않은 곳에 바다가 있기는 했는데 막차 시간이 7시였다. 타고 들어가면 다음 날까지 돌아 나올 차편이 없었다. 내가 망설이자 와이가 어이없어했다.

"넓고 넓은 바닷가에 방 하나 없어 객사할까 봐?"

"잠은 집에 가서 자는 거다."

"그러면 혼자 돌아가시든가."

급기야 짜증을 내며 앞장서서 걷는 와이를 나는 따라가지 않았다. 왜였는지는 모르겠는데 바닷가로 가겠다고 아이처럼 투정 부리는 와이를 본 순간 와이가 말했던 동반자가 혹시 나는 아니었을까 싶은 생각이 들었기 때문이었다. 충분히 그럴 만한 사람이었다, 와이는. 하지만 나는 농담으로라도 그러고 싶은 마음이 없었다. 나는 와이에게 돈을 받고 고용된 계약 노동자일 뿐이었다. 삶과 죽음을 손바닥에 놓는 공기놀이 철학에 합의

한 적은 없었다.

토라진 아이처럼 버스 정류장으로 달려가던 와이는 설마 하는 표정으로 두 번쯤 뒤를 돌아보았다. 나는 돌아서지도 따라가지도 않는 완강한 멈춤으로 내 태도를 분명히 했다. 약이 오른 것처럼 발을 쾅쾅 구르던 와이는 택시 한 대가 지나가자 잡아탔다. 택시는 이내 어둠 속으로 사라졌다.

그것이 내가 본 와이의 마지막 모습이었다.

*

"그날은 원래 와이의 결혼식이었습니다."

케이와 나는 호수 근처에 있는 식당에 들어갔다. 케이는 삼겹살과 소주를 주문하더니 불판이 놓이자 무릎을 꿇고 고기를 굽기 시작했다. 의식을 치르듯 매우 단정하고 반듯한 자세였다. 그 자세로 케이는 그날 이후의 와이에 대해서 이야기했다.

신랑이 어떤 사람인지에 대해서는 듣지 못했다. 케이는 아닌 것 같았다. 그렇지만 결혼식 날 식장에 나타나는 대신 외간 남자와 기차를 타고 사라져 꽃구경이나 하다가 혼자 바닷가로 사라진 와이를 찾으러 간 사람은 케이였다.

그날 케이가 그 도시에 도착했을 때 비가 내리기 시

작했다. 와이는 한쪽 벽을 통유리로 만들어 놓은 키 낮은 횟집에 앉아 있었다. 커다란 활어회 접시를 가운데 두고 전복에 소라에 새우에 각종 튀김까지 그야말로 진수성찬을 차려놓고 있었다고 했다. 케이가 신발을 벗고 맞은편에 앉자 와이는 자신이 마시던 술잔을 건네더니 소주 한 잔을 따라 주었다. 케이는 말없이 그 잔을 마셨다. 술이 너무 차가워서 목구멍을 타고 들어가는 느낌이 오히려 불덩이 같았다고 했다.

유난히 새가 많은 바다였다. 비가 내려 낮고 흐린 하늘 때문에 더 그랬겠지만, 기형적이다 싶게 긴 날개를 가진 새들이 통유리를 채우며 날아다니는 풍경은 불길한 전조를 알리는 영화의 한 장면 같았다. 어두운 바다로 이어지는 축축한 모래사장에서는 무당들이 초를 켜고 징과 꽹과리를 치며 굿을 하고 있었다. 끼이익, 지잉 지잉, 깡깡깡깡. 새와 징과 꽹과리가 한데 섞여 울며 허공을 갈랐다. 복을 비는 건지 바닷속 넋을 위로하는 건지 알 수 없었다. 추운 날씨는 아닌데 몸 어딘가에서 소름이 돋았다. 두 사람은 말없이 술잔만 비웠다.

먼저 취한 사람은 케이였다. 와이는 휘청거리는 케이의 팔을 어깨에 걸고 횟집 사장의 도움을 받아 가게 2층에 있는 숙소로 옮겼다. 단체 투숙객들이 쓸 법한 넓은 온돌방이었다. 와이는 요와 이불을 펴서 케이를 눕히고 바로 옆에 자신의 이불도 펴고 누웠다. 취했지만 아주

의식이 없는 건 아니어서 케이는 그 모든 과정을 알고 있었다. 마침내 누웠을 때 와이와 몸이 닿지 않으려 애를 쓰다 잠이 들었던 것까지도 케이는 다 기억했다.

얼마나 지났을까. 갈증 때문에 눈을 떴다. 몸을 움직일 수 없었다. 정신은 명료한데 사지가 마비된 것처럼 꼼짝할 수 없고, 납덩이에 눌린 것처럼 가슴이 답답했다. 몸을 붙인 방바닥이 그대로 지옥에 깊숙이 꺼지는 느낌이었다. 머리는 무겁고 몸은 가라앉는데 벽들은 허공에 떴다. 우우우 들리지 않는 소리가 사방으로 흩어지며 울렸다. 진공 속으로 떨어진 물방울처럼 작은 흐느낌이 귓속으로 전해졌다. 얼핏 울음소리 같았지만 자세히 들어 보면 어떤 말이었다. 내용까지는 이해할 수 없었지만 무서워…… 하는 말은 분명히 들렸다. 와이의 목소리였다. 고개만 겨우 돌려서 바라보면 와이는 천장을 보고 누운 채였다. 가만히 있는 와이가 가만히 있는 채로 누워 있는 케이 곁으로 다가오고 있었다. 와이의 몸 밖으로 흘러나온 어떤 넋처럼 울음만 가지고 케이에게 다가왔다. 그 서럽고 아픈 느낌이 전해져 안쓰러우면서도 실체감 없는 넋의 홀림에 소름이 끼쳤다.

가위눌림이었다. 가위눌림인 줄 알았지만 넋의 울음소리를 따라 까무룩해지는 정신이 두려웠다. 바닷가에서는 여전히 정령들을 부르는 무당의 꽹과리 소리가 울리고 있었다. 바닷속에 가라앉은 넋을 건지는 소리가 아니라 육지에 남은 넋을 보내는 소리 같았다. 반딧불 꽁무니를 쫓듯 자신도 모르게 그 소리를 따라 저세상으로 건너가게 될 것 같았다. 와이가, 꼼짝도 않고 누워서 자신을 덮치는 와이가 무서웠다. 자신을 데려가는 와이의 울음이 세이렌의 노래 같다고 여겨지는 순간, 케이는 온 힘을 다해 정신을 차리고 몸을 일으켜 와이를 부여잡았다. 생을 잡듯, 마지막 악다구니를 지르듯 와이의 목을 조르기 시작했다. 가느다란 식물의 줄기 같고, 가시 많은 꽃잎 같고, 연약한 짐승 같기도 한 목을 조르자 피리 소리가 났다. 바람 소리였던가. 그 소리가 들리지 않을 때까지 힘을 놓지 않다가 케이도 정신을 잃었다.

눈을 뜨니 아침이었다. 고요했다. 넋은 사라지고 비는 그쳐 있었다. 와이의 자리는 비어 있었다. 얇은 이불에 꽃잎이 몇 장 떨어져 있었다. 열린 창문으로 서늘한 아침 바람이 들어왔다. 일어나 밖을 내다보니 산책 중인 와이의 모습이 보였다. 자신을 바라보는 기척을 느꼈는지 고개를 돌린 와이가 케이를 발견하고 손을 흔들었다. 밤새 케이가 보았던 와이의 모습은 전혀 남아 있지 않았다. 꿈이니 당연할 터였다. 그러나 그것이 정말 꿈인지 케이는 자신할 수 없었다. 바닷가에서 혼자 깔깔거리며 뛰어노는 와이는 지난밤 빗속을 뚫고 무당들이 길어 올린 단 하나의 넋 같았다. 이승과 저승의 경계를 맘대로 뛰노는 와이. 어쩌면 처음부터 와이는 이 세상에 존재하지 않던 사람인지도 모른다고 케이는 생각했다.

*

와이는 어떻게 죽었습니까.

케이에게 묻고 싶을 때마다 나는 케이의 빈 술잔을 채웠다.

그날 택시를 타고 어둠으로 사라진 와이를 나는 끝내 찾아냈다. 그날 와이는 내내 혼자였다. 커다란 통유리가 있는 횟집에 앉아 혼자 홀짝홀짝 술을 마셨다. 그날 바다에는 까맣고 커다란 새들이 영화처럼 하늘을 덮고 있었다. 이윽고 비틀거리며 술집을 나온 와이는 자신이 바다를 내다보던 유리에 고개를 대고 토하기 시작했고, 잠시 주저앉아 있다가 바닷가로 걸어 나왔다. 무녀들이 바다에서 춤을 추고 있었다. 와이는 차가운 모랫바닥에 앉아 한참이나 그걸 바라보았다. 미동도 하지 않고 가만히 오래오래, 마치 무녀들에게 자신의 넋을 바치려는 것처럼. 마침내 굳은 몸으로 쓰러지는 와이를 발견한 누군가에 의해 앰뷸런스가 달려오고 그 차에 실려 갈 때까지 와이는 내내 혼자였다. 그 순간 어디에도 케이는 없었다. 그러나 나는 케이의 말을 믿는다. 그곳에 앉아 그렇게 오래오래 와이를 지켜봤던 사람은 어쩌면 내가 아니라 정말로 케이였을지도 모른다.

케이에게 전화가 오기 전 와이에게서 문자가 왔다.

무영으로 가.

몇 달 만인지, 몇 년 만인지 알 수 없는, 그러나 분명히 그 어느 때보다 긴 시간이 지나서 도착한 문자였다. 예전에 그 문자는 이제 곧 죽을 거라는 뜻이었다. 문자를 받으면 나는 늘 와이에게로 갔다. 그리고 죽음으로 걸어가는 와이를 삶으로 다시 돌려놓았다. 그러나 그렇게 다시 삶을 바라본 와이가 삶을 향해 걸어왔는지는 모르겠다. 한 번도 스스로 돌아온 적은 없이, 그러나 몇 번이나 그렇게 누군가의 힘을 빌려 돌아보고 싶던 삶에 와이의 무엇이 있었을까. 와이와 헤어진 후 내내 생각했지만 답을 알지 못했다. 와이를 대신하듯 삶을 살아도 알 수 없었다. 그래서 이번에는 와이의 문자를 받고도 가지 않았다. 그리고 마치 내가 그러리라는 걸 알고 있기라도 했던 것처럼 와이는 내게 케이를 보냈다. 낯선 번호로 전화를 걸어온 케이는 내가 전화를 받자마자 말했다. 무영에 가려고 합니다. 그 말을 듣는 순간 나는 깨달았다. 이제 와이는 세상에 없구나. 그래서 나는 케이와 함께 기차를 타기로 했다.

와이에게 무영이 어떤 의미인지는 여전히 알 길이 없다. 어쩌면 한 번도 자신만의 세계를 갖지 못했던 와이가 비로소 스스로 존재할 수 있었던 공간을 가리키는 건 아니었을까 짐작할 뿐이다. 와이에게 세상이 신기루였다면 와이도 실은 그 신기루 가운데 하나였을 것이다. 케이의 말대로 와이는 어쩌면 처음부터 존재하지 않았는지도 몰랐다.

의식을 치르듯 고기를 굽던 케이는 고기도 밥도 먹지 않고 오직 소주만 마셨다. 그러더니 금세 취해서 쓰러졌다. 나는 비틀거리는 케이를 부축해서 택시를 탔다. 어디로 가십니까. 묻는 기사에게 혹 가까운 곳에 바다가 있느냐고 물었다. 초로의 기사는 한 시간 거리에 바다가 있다고 했다. 새도 무당도 없는, 비도 내리지 않는 평범한 바다라고 했다.

"그리로 데려다주십시오."

기사는 더 묻지 않고 불빛 하나 없는 어두운 길로 차를 몰기 시작했다. 창문을 내리니 비가 오려는지 옅은 흙냄새가 났다. 가눠지지 않는 몸으로 꾸벅꾸벅 졸던 케이가 갑자기 들어온 서늘한 바람에 진저리를 치더니 물었다.

"여기가 무영입니까."

"네, 여기가 무영입니다."

물 그림 엄마

엄마는 극장에서 죽었다. 객석에 앉은 채로 발견되었
다. 영화를 보던 중이었을까. 웃었는지 울었는지 알 수
없는 표정으로 눈을 감고 있더라고 엄마를 처음 발견한
사람이 말했다. 그래서 처음에는 자고 있는 줄 알았다
고도 했다. 관객이 많지 않은 날이었다. 엄마는 극장 맨
앞자리에 앉아 있었다. 그 자리는 어쩌다 전 좌석 매진
인 영화가 상영 중일 때가 아니라면 대체로 비어 있는
자리였다. 스크린 앞을 가로질러 가는 건, 특히 상영 중
에는 매너에 어긋나는 일이라 지나가는 사람도 거의 없
었다. 있었다 해도 자리에 앉은 사람의 상태를 굳이 들
여다볼 이유는 없었다. 그러므로 엄마가 언제 그 자리에
앉았고 언제 죽었는지 누구도 알지 못했다.

그런데 엄마는 왜 그곳에 앉아 있었던 걸까. 그날 상영된 영화는 엄마가 절대 보지 않을 영화도 아니었지만 엄마가 일부러 찾아볼 만한 영화도 아니었다. 때문에 장례를 치르는 동안 엄마의 동료들은 엄마가 왜 그 자리에 있었던가를 두고 이견을 쏟아 냈다. 평소 당뇨와 고혈압 등 각종 지병이 있던 엄마의 사인은 급성 심장마비였는데, 엄마가 규정을 위반하고 몰래 자리에 앉아 영화를 보다 심장마비를 일으켰는지 쉴 데가 마땅치 않아 잠시 객석에 앉아 쉬다가 심장이 멈췄는지 여부를 놓고 팽팽하게 맞섰다. 엄마는 그 극장의 청소부였다. 전자라면 안타까운 죽음에도 불구하고 극장의 영업에 누를 끼친 업무 방해 가해자였고, 후자라면 열악한 근무 환경과 과도한 노동 시간에 의해 사망한 피해자였다.

논쟁을 종식시킨 건 나였다. 나는 우왕좌왕하는 말들 사이로 뛰어들어 엄마는 영화를 본 것도 아니고 쉬고 있던 것도 아니라고 말했다. 그럼 뭔데? 누군가 물었다. 나는 다소 비장한 표정으로 대답했다. 꿈을 이룬 거지요. 그리고 또 말하고 싶었다. 이루지 못했던 자신의 꿈을 완성시키기 위하여 미학적 선택을 한 거라고. 하지만 그렇게 말하면 아무도 못 알아들을 것 같았다. 꿈? 무슨 꿈? 또 다른 누군가 물었다. 나는 잠시 멈칫했는데 엄마의 꿈을 내가 마음대로 사람들에게 공개해도 되나 싶어서였다. 아무리 엄마가 죽었다지만, 그러니까 더더욱, 이전에도 허락받지 못했고 앞으로도 허락받을 수 없는데 말이다.

그럼 자살인가? 내가 머뭇거리는 사이 또 누군가 반론을 제기했다. 아니다 심장마비랬다, 옆에 있던 사람이 그 말을 바로 덮으면서 이야기는 다시 원점으로 돌아갔다. 나는 자살이라는 말에 놀라 더 이상 끼어들지 않았다. 그들도 엄마의 죽음을 두고 반드시 어떤 결론을 내려야겠다는 생각을 하는 것 같지는 않았다. 논쟁은 오래가지 않았다. 아무도 이의를 제기하는 사람이 없어서 엄마의 죽음은 극장에서 돌연사한 청소부라는 자극적인 이슈를 가지고 있음에도 어디에도 소문나지 않고 그냥 아무 일 없는 아무개의 죽음이 되었다. 피해자도 가해자도 아닌 채로 그렇게 엄마가 떠났다.

*

아무도 모르게 고백하자면 엄마의 꿈은 배우였다. 철마다 옷을 갈아입듯 그렇게 다른 인생을 살아 보고 싶다고 했다. 한 가지 인생을 사는 일은 너무 지루한 일이라며 엄마는 종종 한숨을 내쉬었다.

엄마의 소식을 듣고 병원으로 달려가면서 무섭고 떨리고 마음이 무너지는 것처럼 슬픈 와중에 그토록 배우를 꿈꾸더니 결국은 이렇게 극적으로 떠나는구나 하는 생각도 들었다. 엄마의 죽음은 아무리 생각해도 비현실적이고 기괴해서 마치 영화 속 한 장면 같았다. 장례를 치르는 내내 나는 엄마가 만들어 놓은 깜짝 무대를 구경하는 기분이었다. 어디선가 불쑥 이번 역할은 어떠니 하고 깔깔 웃으며 엄마가 튀어나올 것 같아 내내 두리번거리며 해찰하다 상주가 그렇게 넋을 놓고 있으면 어떡하느냐 주위 어른들에게 잔소리를 듣기도 했다. 그러면서도 대체 이 연극은 언제 끝나는 거지, 그런 생각을 하고 있었다.

엄마가 이토록 파란만장한 배역을 바란 적은 없다. 배우가 되고 싶다고 했을 때 엄마가 원한 배역은 로맨스와 멜로, 그러니까 대략 신파로 묶을 수 있는 장르의 주인공이었다. 그런데 미안한 이야기지만 외모만 놓고 보자면 로맨스와 멜로는 엄마와 전혀 어울리지 않았다. 물론 그런 생각을 엄마에게 말한 적은 없다.

서로의 취향이나 외모에 대해 평가하거나 간섭하지 않는 건 엄마와 나 사이의 불문율 같은 것이었다. 그래서 나는 속으로만 엄마의 꿈을 유치하다고 생각했다. 우리는 서로의 취향에 대해서 대화를 나눈 적이 없다. 적당한 무관심과 거리 두기, 엄마에 대한 나의 태도였고 나를 대하는 엄마의 자세이기도 했다. 그리고 그것이 엄마와 내가 평생을 함께 살면서 한 번도 싸우지 않은 비결이라면 비결이었다.

그런 식의 경계와 거리 두기가 관계에 평화를 준다는 사실을 제일 먼저 가르쳐 준 사람은 엄마의 옛 애인이다. 그는 나의 생물학적 아빠이기도 하다. 사실 아빠는 엄마와 내가 함께 허물고 싶었던 유일한 경계이기도 했다. 정확하게는 그 남자의 호적이 한때 우리의 목표였다. 엄마와 나는 그야말로 손에 손을 맞잡고 어떻게든 그 남자의 호적 안으로 들어가 보려 쓸 수 있는 모든 애를 썼다. 사랑도, 애정도, 관심도, 상속도 바라지 않는다고 말했다. 단지 호적만을 원한다고. 호적에만 넣어 주면 그다음에는 당신이 어디에 가서 누구랑 무얼 하며 어떻게 살든지 상관없다고 했다. 그러나 남자는 고개를 저었다. 우리에게는 그저 호적이었지만 남자에게는 호적이 사랑과 애정과 관심과 상속 그 모든 것의 대명사였다.

　남자에게 호적이 그런 의미라는 걸 엄마와 나는 짐작도 하지 못했다. 알았다면 노력하지 않았을까. 아니다. 알았어도 들어가고 싶었을 것이다. 그 남자를 사랑해서가 아니라 엄마와 나 둘만으로 이어진 세계는 어딘가 불안정했다. 삼각형의 한 귀퉁이를 잃어버린 것처럼 짝이 맞지 않았다. 우리를 균형 있게 잡아 줄 공통점으로 연결된 또 하나의 귀퉁이가 필요했다. 우리는 그 귀퉁이를 당연히 엄마의 애인이자 나의 아빠인 남자라고 생각했다. 호적은 그래서 생각났다. 우리는 우리를 완성시켜 줄 존재가 있다는 사실을 증명하고 싶었다. 하지만 결과적으로 그 증명 때문에 우리는 꼭짓점 하나를 영영 잃어버리고 말았다. 버림받지 않고 헤어지지 않기 위해서는 넘보지 말아야 할 각자의 세계 혹은 구역이 있다는 걸 배우고서야 말이다.

경계를 넘으려다 결국 버림받게 된 과정은 치사함의 연속이었지만 남은 게 아주 없지는 않았다. 호적이라는 고지를 정복하기 위해 싸우는 동안 엄마와 나는 그토록 바라던 평화와 안정 대신 전우애를 얻었다. 함께 싸우고 함께 패배한 자의 쓰라린 연대라고나 할까. 엄마와 나는 세상 유일한 가족이면서 동시에 전우였다. 그리고 꼭짓점을 잃어버린 두 개의 평행선이었다. 엄마와 나는 더 이상 가까워지지 않았지만 더 멀어지지도 않았다.

그런 이유로 엄마가 죽고 장례를 치르면서도 나는 엄마가 내 옆을 아주 떠날 수는 없을 거라고 확신했다. 일종의 예감이었는데 틀리지 않았다.

장례를 치르고 1년이 채 지나기도 전에 엄마가 찾아왔다.

*

그때 나는 비행기를 타고 홍콩으로 가고 있었다. 가을이었는데 비가 많이 내렸다. 빗물 때문에 활주로가 미끄러워 착륙이 여의치 않다고 했다. 승무원들의 굳은 표정이 조종석의 긴장감을 고스란히 전해 주었다. 덜컹, 비행기가 흔들릴 때마다 팔걸이를 잡은 손에 절로 힘이 들어갔다. 얼마나 긴장했던지 우여곡절 끝에 비행기가 착륙한 후 캐리어를 끌고 비행기 출입문을 빠져나오는데 등이 다 아팠다. 아프다 못해 뭔가가 뒤에서 잡아당기는 느낌이었다.

그 느낌 때문에 나는 게이트를 빠져나오다 말고 잠시 멈춰 서서 뒤를 돌아보았다. 커다란 유리벽 너머에 방금 타고 내린 비행기가 서 있었다. 그 뒤로 긴 활주로가 비에 젖은 그림자처럼 누워 있었다. 겨우 빠져나온 위험을 다시 돌아보게 되는 것도 본능일까. 죄를 지은 사람만 현장에 다시 가는 건 아니다. 구사일생으로 살아난 사람도 자신이 빠졌던 구덩이를 반드시 한 번은 돌아보게 된다. 소금 기둥이 되건 모래 기둥이 되건 말이다. 그날 나는 소금 기둥이 되지는 않았지만 대신 어둠과 더불어 쏟아지는 폭우 속에서 눈처럼 하얗고 안개처럼 희붐한 형체 하나를 보았다.

처음에는 그것이 무엇인지 잘 알 수 없었는데 유리에 이마를 대고 자세히 들여다보니 엄마였다. 찰랑찰랑 젖은 활주로에 서서 엄마가 내게 손을 흔들고 있었다. 선뜩하기는 했지만 무섭지는 않았다. 무섭다기보다는 좀 뭉클했는데 엉뚱한 장소에서 옛 사랑을 만난 느낌이었다고나 할까. 다시 만나리라 예상은 했지만 이런 방식

일 줄은 몰랐다. 공항이라니. 활주로라니. 그것도 먼 이국이라니. 의외의 장소였다. 통유리에 이마를 대고 한참 동안 엄마를 들여다보았다. 그 모습이 이상해 보였는지 지나가던 보안 요원이 다가와 무슨 일인지 물었다. 나는 비 구경을 하는 중이라고 대답했다. 그는 비 구경은 밖에 나가면 훨씬 잘할 수 있다며 입국 수속하는 곳으로 나를 안내했다. 미심쩍은 눈길이기는 했지만 내가 순순히 따라나서자 더 이상 다른 질문은 하지는 않았다.

엄마를 다시 만난 건 그날 밤 호텔에서였다. 샤워를 마치고 나왔더니 엄마가 침대에 앉아 TV 리모컨을 들고 이리저리 채널을 맞추고 있었다. 어제 만나고 오늘 또 만난 사람처럼, 살았을 때 엄마에게 늘 하던 것처럼 나는 퉁명스럽게 말을 건넸다.

한국에서 죽은 사람이 왜 홍콩에서 헤매.

헤매긴 너 따라왔지.

염라대왕이 나도 데려오래?

저승사자 놔두고 그 일을 왜 내가 하누.

그럼 왜 따라왔어.

너 보러 안 왔다.

나 아니면 누구?

대답 대신 엄마가 물었다.

극장에는 안 가냐?

극장?

응. 극장 가고 싶다.

뭐 하러?

주윤발 보러.

주. 윤. 발?

그래 홍콩에 산다더니 TV에도 안 나온다. 집은 어디일까? 온 김에 실물이나 보고 싶은데.

지금은 미국에 있을걸. 할리우드.

안타까운 듯 엄마가 이마를 찡그렸다.

대신 엄마 있는 데는 장국영이 살잖아. 장국영도 못 봤어?

사내가 사내다워야지. 장국영이는 계집 관상이라 싫다.

투덜댈 때 아이처럼 입을 삐죽 내미는 습관도 여전했다. 피식, 웃어 주려고 했는데 웃음이 나오지 않았다. 실은 마음 한쪽이 아릿했다. 하마터면 아빠가 보고 싶었던 건 아니냐고 물을 뻔했다. 난 잘 모르겠는데 엄마는 아빠가 주윤발을 닮았다고 했다. 아니다, 아빠가 먼저 태어났으니 주윤발이 아빠를 닮은 거라고 해야 하나.

그러고 보니 엄마의 장례식 때 아빠를 부르지 않았다. 연락처도 몰랐지만 연락해야 할 명단을 작성하면서 단 한 순간도 아빠를 떠올리지 않았다. 아빠라는 존재는 내게 흔적도 없이 지워진 지 오래였다. 마지막 가는 길에 적어도 둘 중 한 사람은 상대에게 안녕을 고하고 싶을지도 모른다는 생각 자체를 해 보지 않았다. 내가 아빠를 부르지 않아서 서운했던 걸까, 엄마는.

그날 우리는 극장에 가지 않았다. 대신 거리를 돌아다녔다. 거의 대부분이 영화 속에 등장한 배경이었다. 극장에 간 거나 마찬가지였다. 엄마는 귀신인데도 동에 번쩍 서에 번쩍 움직이지 않고 자박자박 나와 함께 움직였다.

도착한 날부터 내리기 시작한 비는 우리가 떠날 때까지 그치지 않았다. 야시장도 열리지 않았고, 한참 헤맨 끝에 겨우 올라간 빅토리아 피크에서는 야경이 보이지 않았다. 「영웅본색」에서 주윤발이 말한 버리기 아까운 야경은 상상으로나 그려야 했다. 그래도 우리는 끝없이 비슷한 골목과 그 골목이 나오는 영화들을 떠올렸다. 엄마는 생각보다 많은 영화를 기억하고 있었다. 정보의 양도 수준도 엄마가 나보다 훨씬 많고 높았다. 한번은 침사추이 근방의 복잡한 골목을 걷다가 문득 생각난 듯 엄마가 물었다.

홍콩에는 정말 킬러가 살고 있을까.

글쎄, 고개를 갸웃거리다가 대답했다.

귀신은 정말 살고 있지.

재미있으라고 한 말은 아니었는데 엄마는 그 말을 듣자마자 소녀처럼 깔깔깔 하늘을 보며 웃었다.

*

　엄마의 인생을 한마디로 요약하면 극장전이라고 할
수 있겠다. 태어나자마자 극장에 버려졌고, 극장에서 만
난 남자와 눈이 맞아 나를 가졌으며, 남자에게 버림받
은 후 극장에서 청소를 하는 일로 생계를 꾸리며 나를
키웠다. 극장에서 나를 낳지 않았던 것이 유일한 예외였
다고나 할까. 인생을 살아가는 방법을 엄마는 극장에서
배웠다. 그런 면에서 그 시절 유행하던 영화가 하필 신
파였던 건 엄마에게 가장 큰 불운이었다. 친구 따라 강
남은 가도 영화 따라 연애는 하면 안 된다는 걸 엄마는
몰랐다. 그저 처음에는 모든 게 영화 같았고, 그래서 황
홀하기만 했다.

　선글라스에 트렌치코트를 입고 일주일에 한 번 극장
에 오던 남자는 영화 속 주인공처럼 엄마에게 데이트 신
청을 했다. 처음에는 미혼이라고 했다. 이내 유부남이라
는 사실이 밝혀졌다. 넘지 말아야 할 선 같은 건 이미 없
었다. 엄마는 그가 유부남임을 알게 된 이후에도 여전
히 함께 여관에 갔고, 여관비가 모자라면 엄마가 살던
방에도 갔고, 그러다 보니 아이를 가졌고, 그러고 나자
남자가 조금 시간을 갖자고 했다.

　남자가 말한 시간이 이혼을 위해 필요한 시간이라고
믿었던 엄마는 운명의 수레바퀴를 혼자서 계속 돌렸다.

진통이 찾아온 순간에 걸었던 전화를 남자는 받지 않았지만, 엄마는 그것조차 기를 쓰고 이혼해 주지 않는 남자의 아내 때문이라고 생각했다. 혼자 분만대에 누워 엄마는 버려진 사람이 남자의 아내가 아니라 자신임을 애써 부인하며, 남자에게 질기게도 붙어 있는 아내를 떼어 놓겠다는 심정으로 머릿속에서 이미 몇천 번도 더 잡았던 그녀의 머리끄덩이를 쥐어뜯는 상상을 하며 아랫도리에 힘을 주었다. 그 힘이 어찌나 셌던지 서너 번 끙, 하고 나니 내가 나왔다고 했다. 4킬로그램의 우량아를 세 번 만에 쑥 낳을 정도로 힘껏 머리끄덩이를 잡았는데도 여전히 그 아내는 남편을 놓지 않았다.

홀로 아이를 낳고 두어 달쯤 지나고 나서야 엄마는 뭔가 이상하다는 걸 깨달았다. 그때까지 엄마가 즐겨 보던 영화의 공식대로라면 남자가 돌아오거나 남자의 부모라도 아이를 빼앗으러 오거나 자신에게 불치병이 생기거나 그런 처지를 동정한 또 다른 남자가 나타나야 했다. 그러나 아무 일도 일어나지 않았다. 남자도, 그 부모도 오지 않았고, 또 다른 남자는 더더욱 오지 않았으며, 엄마에게 생긴 병은 수유와 우울로 인한 폭식이 가져온 비만뿐이었다.

엄마가 극장에서 일했으니 나도 극장에서 자랐다. 극장 관리인은 질색을 했지만 눈치 밝은 아이였던 내가 워낙 숨어서 노는 요령이 좋았던 탓에 나중에는 내가 있는지 없는지도 몰랐다. 어떤 날은 내가 뒤에 앉아 있는 줄도 모르고 아이 없이 출근하니 좀 좋으냐는 소리를 하기도 했다. 말썽 없이 극장에서 하루를 보내려면 마주치지 말아야 할 몇몇 사람만 피하면 됐다. 화장실에 숨어 있기도 하고, 아무도 없는 계단에서 공기놀이도 하고, 매점에서 팝콘을 얻어먹기도 했다.

상영이 끝나고 엄마가 객석 청소를 하러 들어가면 나도 가끔 따라 들어갔다. 영화마다 부모의 반대에 부딪친 청춘들이 걸핏하면 불치병에 걸리던 시절이라 객석을 치우다 보면 한 줄에 하나쯤은 손수건이 떨어져 있었다. 색깔도 무늬도 다양한 그야말로 형형색색의 손수건들이었다. 처음에는 분실물 습득함에 넣어 두었지만 손수건 따위를 찾으러 다시 오는 사람은 없었다. 일주일이 지나도 찾는 사람이 없는 손수건은 우리 차지였다. 엄마는 손수건으로 본을 뜨고 솜을 넣어 인형을 만들어 주고는 했다. 인형을 위한 옷도 스카프도 머리띠도 심지어 이불마저도 모두 손수건으로 만들었다.

드문 일이지만 어린이용 영화를 상영하는 날도 있었다. 「콩쥐팥쥐」 같은 고전을 각색한 애니메이션이나 목적이 뚜렷한 반공 영화가 대부분이었지만 드물게 순수 창작 영화도 있었다. 어린이용 영화가 극장에 걸리면 나는 아무 데도 돌아다니지 않고 하루 종일 빈 객석에 숨어 영화를 보았다. 고만고만한 아이들 틈이라 가장 안

전하기도 했다. 하지만 그렇게 몇 번을 되풀이해서 보고 나면 이내 지루해졌다. 그래도 또래 아이들 속에 있는 게 좋아 나는 영화가 상영될 때마다 빈자리를 찾았다. 그리고 그 의자에 앉아 아이들이 내는 소리를 들으며 꾸벅꾸벅 졸았다.

「뽀빠이와 토순이의 세계 일주」를 볼 때는 한 번도 졸지 않았다. 뽀빠이 이상용과 꽃처럼 어여쁘던 어린 시절의 윤유선, 버금가는 인기를 누렸던 잘생긴 남자아이가 출연하는 영화였다. 좌충우돌 세계 여행기였는데, 그 시절의 영화가 그러하듯 낯선 환경 속에서 겪는 여러 가지 일을 대한의 기개로 씩씩하게 이겨 나가는 내용이었다. 세부적인 영화 내용은 잘 기억나지 않지만 그 영화 속 세계가 내게는 처음 보는 세상이었다. 그때까지 내가 알던 미지의 세계란 『걸리버 여행기』나 『15소년 표류기』에 등장하는 세계가 거의 전부였다. 「뽀빠이와 토순이의 세계 일주」를 몇 번씩이나 반복해 보면서 나는 비로소 '바깥세상'에 거인이나 난쟁이 혹은 해적만 사는 건 아니라는 사실을 알게 되었다. 배를 타고 나간다고 해서 무조건 무인도에 도착하지는 않는다는 것도 알았다. 지금 생각하면 당연한 일인데 그때는 신기했다.

무엇보다 매력적인 장면은 영화의 엔딩이었다. 세계를 한 바퀴 돌고 무사히 돌아온 세 사람이 오랜만에 한국 음식을 먹는 장면이었다. 역시 우리 입에는 우리 음식이야 같은 대사를 주고받으며 수북하게 쌓인 음식을 무서운 속도로 먹어 치우기 시작했다. 냉면 대접이었는지 커다란 접시였는지 음식을 담은 그릇이 빠른 속도로 쌓였다. 나는 그 무한한 식사가 부러웠다. 배를 곯은 적도 없는데 허기가 지던 시절이었다. 여행이란 돌아와서 풍성한 식사를 할 수 있는 자격을 얻는 거구나 싶었다. 그때부터 내 꿈은 세계 일주였다.

그런데 그때 나는 세계 일주를 일주일 동안 세계를 여행한다는 뜻으로 알았다. 세계라는 곳이 딱 그 정도의 크기라고 생각했기 때문이다. 일주일 정도만 돌면 전 세계 어린이를 다 만날 수 있는 줄 알았다. 그래서 나중에 '80일간의 세계 일주'라는 책 제목을 보고서 대체 돌아다니며 뭘 했기에 세계를 한 바퀴 도는 데 80일씩이나 걸리나 조금 한심하다는 생각을 하기도 했다.

내가 극장에서 무럭무럭 자라는 사이 엄마는 나와 함께 아빠의 호적에 들어갈 궁리를 하고 있었다. 아마도 우연한 재회를 가장해 다시 연애를 했던 모양이었다. 엄마는 여전히 아빠가 그의 아내와 마지못해 살고 있다고 믿었다. 이제 나까지 있으니 조금 더 강하게 아빠를 잡을 수 있을 거라고 확신했다. 엄마는 나에게 도움을 구했다. 무슨 내용인지 이해할 수도 없는 저간의 사정을 이야기하며 내가 맡아야 할 역할과 대사를 설명했다. 몇 번의 연습을 거치고 난 후 나는 레이스가 주렁주렁 달린 하얀 원피스에 커다란 핑크색 리본 머리띠를 하고 아빠를 만나러 갔다. 아빠는 나를 보자마자 눈이 번쩍 뜨이는 모양이었다. 머리꼭지부터 발끝까지 샅샅이 훑어보더니 고개를 절레절레 흔들었다. 신호였다. 뒤로 달려! 외친 사람도 없는데 아빠는 바로 삼십육계 줄행랑을 놓았다. 뿐만 아니라 내 얼굴에 아빠 닮은 흔적이 하나도 없으니 누구 애인지 알 수도 없다는 말로 엄마를 거품 물게 했다.

화가 난 엄마는 억울함을 풀기 위해 엉뚱하게도 자살 시위를 계획했다. 정말 죽을 생각은 아니었고 말 그대로 일종의 시위였다. 아빠에게 보낼 유서도 준비했다. 잘못했노라 참회하며 모녀를 잡으러 등장하는 모습을 상상했을 것이다. 그렇지 않다면 유서에 언제 어디에서 어떻게 죽을 건지 구체적인 장소와 날짜를 적을 까닭이 없다. 마지막 미련이자 덧없는 환상이었다.

그런데 유서를 우체통에 넣으려는 순간 엄마는 선글라스와 트렌치코트 차림에 담배인지 이쑤시개인지를 입에 질끈 물고 있는 남자의 얼굴을 보았다. 너무 놀라 손에 들고 있던 유서도 떨어뜨릴 뻔했다. 선글라스 너머로 그 남자도 가만히 엄마를 들여다보았다. 우체통 옆 포스터였다. 주윤발이었다. 그리고 오래전 극장에서 엄마에게 처음으로 데이트 신청을 했던 남자의 얼굴이었다. 엄마는 벽에 붙은 해진 포스터를 가만히 쓰다듬었다. 쓰다듬은 건 포스터인데 지나온 세월이 주마등처럼 흘러가더라고 했다. 끝났구나, 다 끝났구나. 엄마는 비로소 실감을 했다.

엄마는 내 손을 잡고 물에 빠져 죽는 대신 마지막으로 아빠를 만나기로 했다. 아빠는 태릉 근처에서 갈빗집을 한다고 했다. 주소는 알고 있지만 가 본 적은 없었다. 사장이라더니 아빠는 계산대가 아니라 뒷마당에 앉아 있었다. 여러 개의 화덕에 숯을 넣고 불을 피우는 중이었다. 선글라스를 끼고 코트 자락을 날리던 우수 어린 모습은 간데없고 입으로 후후 센 바람 불어 번개탄을 피우느라 처덕처덕 탄가루를 얼굴에 묻힌 아빠는 그저 초로의 사내였다.

우리가 식당에 들어서자 그는 얼굴에 검댕이 묻은 줄도 모르고 놀라 눈만 끔벅거렸다. 엄마는 정중앙에 있는 가장 넓은 테이블에 앉아 그 집에서 제일 비싼 고기를 시켰다. 아빠는 전혀 모르는 사람을 대하듯 숯불을 가져와 테이블에 있는 화덕에 넣었다. 엄마는 아빠가 피워 온 숯불에 양념이 가득 묻은 고기를 지글지글 구워서 나에게도 먹이고 엄마도 먹었다. 헛배 부르면 안 된다며 다른 밑반찬은 먹지도 못하게 했다. 밑반찬 따위 먹을 이유도 없었다. 그렇게 맛있는 고기는 태어나서 처음이었다. 노릇노릇 달콤한 고기가 입에 닿기도 전에 스르르 녹았다. 세계를 한 바퀴 돌고 나서 먹는 만찬이 이보다 황홀할까. 우적우적 날름날름 제비 새끼처럼 나는 쉬지도 않고 고기를 받아먹었다.

사정 모르는 식당 안주인, 그러니까 아빠의 아내는 우리가 고기를 더 주문할 때마다 아빠에게 부지런히 판을 갈게 했다. 서비스라며 직접 이것저것 가져다주기도 했다. 아빠는 손을 덜덜덜 떨며 석쇠를 바꾸면서도 끝내 우리를 모른 척했다. 저따위 때문에 내가 죽겠는가, 고작 저 인생 때문에 이 어린 목숨을 버리겠는가. 목구멍까지 차오르게 고기를 구워 먹은 후 엄마는 손수건으로 코를 팽 풀어 손수건마저 식당에 버리고 왔다. 처음 데이트하던 날 아빠가 흘리고 간 손수건이었다. 어쩌면 그날 엄마는 정말로 죽으려고 했던 건지도 모르겠다. 한참의 시간이 지난 후에 그런 생각이 잠깐 들었다.

*

홍콩에서의 재회 이후 엄마는 내가 여행을 떠날 때마다 나타났다. 내게 일행이 있든 없든 상관하지 않았다. 아무 때나 튀어나와 말을 거는 엄마를 모르는 척도 아는 척도 할 수 없어 나는 점점 혼자만의 여행을 계획하게 되었다.

혼자였지만 혼자인 적은 없는 그런 이상한 여행이었다. 살아 있는 엄마와는 한 번도 같이 간 적 없는 여행을 죽은 엄마와 다니고 또 다녔다. 엄마가 남긴 적지 않은 보험금을 받아 들고 차마 쓸 수가 없어 마음이 아렸는데 엄마가 그 걱정마저 해결해 준 셈이었다. 혹시 남겨 둔 돈 쓰러 온 거 아냐? 농담처럼 물어보니 무슨 소리냐, 나는 무임승차다 반박하면서도 엄마는 살아서는 누려 보지 못한 그런 여유와 호사가 꽤 마음에 드는 눈치였다. 그렇게 우리는 경주도 가고, 제주도도 가고, 필리핀도 가고, 태국도 갔다. 여행지에서 마음에 드는 극장을 발견하면 반드시 들렀다. 무슨 영화를 하든 무슨 공연을 하든 상관없었다. 미처 못 한 숙제를 벼락치기로 해치우듯 우리는 떠나고 걷고 꿈처럼 아련한 표정으로 무대를 바라보았다. 멜로도 보고, 스릴러도 보고, 공포물도 보고, 애니메이션도 보고, 코미디 영화도 봤다. 뮤지컬이나 발레, 가끔은 오페라를 보기도 했다. 죽은 엄마는 살아 있을 때보다 더 생기가 넘쳤다. 쓸데없는 잔소리와 궁상도 보이지 않았다. 엄마와 함께하는 시간이 즐거울 수도 있다는 사실이 놀라웠다.

그러다 문득 엄마가 나타나는 횟수가 줄었는데 내가 연애를 시작하면서부터였다. 아무 때나 불쑥불쑥 나타나던 엄마였지만 애인과 함께 있을 때면 잘 나타나지 않았다. 어쩌다 나타났다가도 모르는 사람처럼 멀찍이 떨어져 서 있다가 말 한마디 건네지 않고 후닥닥 사라졌다. 나는 혹 애인이 엄마의 마음에 들지 않는 건 아닌지 걱정스러웠다. 조심스레 물어봤더니 별거 아니라는 듯 이렇게 대답했다.

연애하는 데 끼어드는 건 매너가 아니지.

그럼 연애 중에는 안 나타나는 건가?

당연하지 않느냐는 듯 엄마가 대답했다.

남녀상열지사에는 끼어드는 게 아니란다. 부모가 됐든 귀신이 됐든 말이지.

엄마의 그 말은 한편으로는 다행이고, 그러나 조금 서운했다. 살아 있을 때 내가 연애를 했어도 그렇게 무심했을까 싶었다. 그래서 아이를 가졌다고 말했을 때 어미 팔자 닮으려고 하느냐 엄마가 화를 내던 모습은 조금 반갑기도 했다. 하지만 내가 만나는 남자는 유부남이 아니었다. 우리의 연애에는 이미 아이도 결혼도 포함되어 있었다. 순서는 중요하지 않았고 그저 아이가 먼저 생겼을 뿐이었다. 다행이구나 말하면서도 엄마는 여전히 불만 가득한 얼굴이었다. 그러면서 잠깐 내 손을 쓰다듬었는데 느낌이 이상했다. 처음으로 엄마가 귀신 같았다.

결혼식장에 온 엄마를 사람들에게 보여 주지 못해서 유감이다. 엄마는 정말 귀신처럼 진한 화장을 하고 나타났다. 어디서 구했는지 촌스럽고 빳빳하고 진한 색감의 한복도 차려입었다. 귀신이면 귀신답게 그냥 소복이나 입지 하며 아무도 모르게 면박을 주었을 정도였다. 그래도 엄마가 와 준 게 고맙고 좋기는 했다. 남편이 만세 삼창을 부를 때 나는 엄마를 보며 눈물을 흘렸다. 하객들은 내가 울자 부모 자리 비워 놓고 입장한 신부가 제 처지 서러워하여 우는 거라 생각했다. 그런 나를 가여워하며 따라 우는 사람도 있었다. 사실은 그런 이유로 운 건 아니었다. 배실배실 웃던 엄마가 남편이 만세 삼창을 시작하자마자 갑자기 울기 시작했던 것이다. 그냥 우는 것도 아니고 곡이라도 하는 사람처럼 꺼이꺼이 울었다. 좋은 날 왜 저러나 짜증이 나면서도 엄마가 우는 걸 보자 나도 따라 눈물이 났다. 단지 그뿐이었다.

*

신혼여행은 그저 그랬다. 남편은 오랜 꿈이었다며 미 서부 여행을 계획했다. 내가 임신 중이라는 사실은 그에게 아무런 고민거리가 되지 않았다. 샌프란시스코로 들어가 LA 방향으로 이동하는 일정이었다. 요세미티 국립 공원과 그랜드캐니언, 라스베이거스의 호텔과 유니버설 스튜디오를 돌아보기로 했다. 렌터카로 알아서 이동하는 자유 여행이었다.

샌프란시스코에 있는 렌터카 회사에는 우리가 예약했던 차가 없었다. 대신 그들은 중형 일본차를 권했다. 이왕이면 벤츠나 비엠더블유를 내주지. 나는 작게 투덜거렸지만 남편은 아무 말 없이 차를 받았다. 운전은 그의 몫이었다. 나는 면허가 없었고, 있다 한들 운전을 할수 있는 컨디션은 아니었다.

10월의 샌프란시스코는 추웠고, 요세미티를 지날 때에는 눈이 왔다. 그랜드캐니언의 일출은 아름다웠지만 해가 완전히 뜬 후 다시 보니 그저 똑같은 풍경의 계곡일 뿐이었다. 곳곳에 설치된 전망대 어디를 보든 비슷비슷한 변주곡이었다. 이동하면서 머문 숙소들도 모형 틀로 한꺼번에 찍어 낸 것처럼 엇비슷했다.

차에서는 내내 졸았다. 남편은 연애할 때부터 말수가 적은 사람이었다. 나는 조수석에 앉아 자다 깨다를 반복하면서 설핏 보이는 창밖 풍경으로 시간이나 달려온 길의 거리를 가늠했다.

어느 길이었던가. 몇 번을 자다 깨도 같은 길이었다. 아득한 거리에 누워서 따라오는 산맥의 모양조차 똑같았다. 너무 비슷해서 취하거나 홀린 기분이었다. 몇 분을 달렸는지 혹은 몇 시간을 달렸는지도 전혀 알 수 없었다. 그러다 한순간 몸 안에서 뭔가 움직였다. 뭐랄까. 아주 작고 미세한 어떤 파동이었다고나 할까.

"만약 말이야."

"응?"

"사람들이 말하는 것처럼 태동이라는 게 물방울이 터지는 그런 느낌이라면 말이야."

"응."

"지금 막 내 배 속에서 뭔가 터졌어."

펑은 아니었지만 퐁 정도의 느낌이었다. 그래도 박하를 씹은 것처럼 배 속이 순간 화해졌다. 임신 20주였다. 책에 적혀 있는 것보다 몇 주 늦은 태동이었다. 감격할 정도의 느낌은 아니었지만 약간은 신기하고 또 조금은 황홀했다. 그 느낌을 최대한 잘 전달하고 싶어 나는 무대에 선 배우처럼 말했다. 지금 막, 다음에 잠깐 쉬었다가 내, 배, 속, 에, 서는 숨을 고르듯 천천히 또박또박, 그리고 뭔가 터졌어는 탄성처럼 빠르고 짧고 강하게 내뱉었다. 그런데 정작 남편은 아무런 반응이 없었다. 응, 짧게 대답했던가. 입을 달싹거리는 것 같았는데 소리는 들리지 않았다. 나는 목소리를 조금 높여 다시 말했다.

"태동이 있다니까. 지금 막 아기가 움직였다고!"

"어, 그래. 아파? 차 세워 줄까?"

느릿느릿 무심한 대답이었다. 나는 신경질적으로 고개를 끄덕였다. 마침 눈앞에 제너럴 스토어라는 간판이 붙어 있는 오두막이 나타났다. 우리 식으로 치면 휴게소 매점 같은 곳인 듯싶었다. 남편이 그곳에 차를 세웠다. 차 문을 열자 이번에는 뜨거운 열기가 몸에 달라붙었다. 달력은 10월인데 계절이 겨울로 갔다 여름으로 갔다 홀로 널을 뛰었다. 며칠 전에 요세미티를 지나면서 만난 눈보라가 다 허상 같았다.

"여긴 덥네."

"사막이니까."

그제야 나는 주위를 둘러보았다. 아스라한 산을 배경으로 누워 있는 길은 온통 스산하고 마른 땅이었다. 그렇지만 영화나 TV에서 봤던, 행상을 태운 낙타들이 가로질러 갈 것 같은 모래 둔덕은 보이지 않았다. 드문드문 모래벌판이 보이고, 시야를 넘어서면 무덤 같은 모래 둔덕이 있을지도 모르지만 눈앞에 펼쳐진 풍경만으로 판단하기에는 사막이라기보다 황무지 같았다.

"뭐 좀 마실래?"

남편이 물었다. 목이 마르기는 했다. 건식 사우나에 들어온 것처럼 따갑고 메마른 열기도 피하고 싶었다. 하지만 남편이 손잡이를 당겨 문을 여는 순간 마음이 바뀌었다. 안에 틀어 놓은 에어컨 냉기 때문이었다. 잠깐 닿았을 뿐인데도 몸에 소름이 돋았다. 나는 과장되게 싫은 내색을 하며 가게 문을 닫았다. 남편은 그러는 나를 보고 그저 어깨를 한 번 으쓱할 뿐이었다.

제너럴 스토어 앞에는 작은 넓이의 데크가 있었다. 테이블과 의자가 놓였지만 더위 때문인지 앉아 있는 사람은 없었다. 현관에서 데크로 이어지는 계단에 안내문이 서 있었다. Death Valley. 우리가 달려온 길의 이름인 모양이었다. 황량한 풍경과 어울리는 이름이기는 했다. 죽음의 계곡에서 생의 첫 발길질을 느끼다니. 기분이 묘

했다.

서늘한 실내 대신 햇빛이 달궈 놓은 데크의 나무 의자에서 휴식을 취하기로 했다. 나는 자리에 앉아 가방에서 보온병을 꺼내 뚜껑을 열고 뜨거운 물을 따랐다. 뜨거운 햇빛이 정수리를 콕콕 찔러 댔다. 내 손에 들고 있는 것이 물인지 공기를 부유하는 열기인지 분간하기 어려울 정도였다. 입덧 때문에 차가운 건 전혀 먹을 수 없었다. 한여름에는 40도를 가뿐하게 넘는다는 사막 한가운데에서 나는 호호 불며 뜨거운 물을 마셨다. 차를 타고 오는 동안 내내 일렁거리던 속이 천천히 가라앉는 기분이었다. 조금 있으면 이마저도 결국 토해 내겠지만 당장은 살 것 같았다. 햇빛 따위는 얼마든지 참을 수 있었다. 임신을 한 후로 더위를 참지 못하던 체질이 정반대로 바뀌었다. 마치 아이를 가진 게 아니라 태양을 삼키기라도 한 것처럼 참을 수 있는 건 열기밖에 없었다. 체온도 음식도 뜨거운 건 괜찮은데 조금이라도 식은 건 죄 비리거나 역하거나 소름이 돋았다.

입덧에 대해서는 엄마가 이미 말해 준 적 있었다. 집안 내력이라고 했다. 엄마도 나를 가졌을 때 석 달 열흘을 먹은 것도 없이 토하기만 했다고 했다. 그러더니 어느 날 갑자기 눈을 떴는데 잘 차려진 한정식이 먹고 싶으면서 입덧이 끝났다고 했다. 석 달 만에 입덧이 끝나다니 부러웠다. 하기야 책에서도 16주 길어야 18주면 대개의 입덧은 끝난다고 했다. 나는 임신 5개월이 넘어가는 중인데도 여전히 물도 삼키지 못하고 있었다.

그런데 엄마는 한정식을 먹기는 했을까. 아이 낳고 미역국에 고기 한번 넣어 보는 게 소원이었다는데 각종 나물에 생선구이, 전이며 고기가 올라가야 할 한정식을 먹었을 리 없다. 입덧이 끝난 기념으로 한정식이 생각났다 한들 차려 먹거나 사 먹을 돈도 없었을 테고, 혹여 돈이 있었다 한들 야윈 몸으로 그 상을 차리기는 힘들었을 것이다. 먹었어도 먹지 못했어도 안쓰러운 일이다. 그러니 부럽다는 말은 취소.

남편은 금세 밖으로 나오지 않았다. 창문으로 들여다보니 얼음이 가득 든 음료수를 들고 진열된 기념품 사이를 산책하듯 돌아다니고 있었다. 사막 한가운데에 임신한 아내가 앉아 있다는 생각은 이미 머릿속에서 지워진 사람 같았다.

나는 앞에 있는 의자에 다리를 올리고 비스듬히 누웠다. 아직 배가 나오지 않아 자세는 얼마든지 바꿀 수 있었다. 그 상태에서 눈에 초점을 풀고 일부러 멍한 상태로 풍경을 바라보았다. 복사열 때문에 이글거리는 풍경이 물속에 담가 놓은 것처럼 한층 더 흐려졌다. 아련하기도 하고, 어려서 많이 보던 화질 나쁜 영화의 한 장면 같기도 했다.

한참을 들여다보고 있자니 멀리, 아주 멀리는 아니고

아주 조금 멀리서 하얀 그림자가 부스스 다가왔다. 엄마였다. 세상에나. 무슨 엄마가 딸 신혼여행을 다 따라오나. 어이가 없어 웃음도 나오지 않았다.

남녀상열지사에는 안 낀다더니.

극장은 안 가니?

가지.

어디에 있는데?

여기.

나는 손에 들고 있던 지도를 펼쳐 다음 도착지인 라스베이거스에 동그라미를 그렸다. 지도에 구멍이 뚫리지 않을까 싶을 만큼 힘껏 꾹꾹 누르면서 그렸다.

그래, 그럼 거기까지만 따라가자.

거기까지만?

고개를 들어 엄마를 봤다. 엄마는 나를 외면했다. 처음이었다. 살아서나 죽어서나 엄마는 늘 내 눈을 보고 말했다. 나에게도 그렇게 하도록 했다. 눈 보고 말해라. 거짓말하는 사람이나 눈 못 보는 거다. 느이 아부지 왜 평생 선글라스 끼고 사나 했더니 그래서 그런 거였다. 눈을 봐라, 말을 할 때는 상대의 눈을 보는 거다. 그런데 엄마가 내 눈을 보지 않았다.

무슨 뜻이야?

평생 너만 따라다니며 살 수는 없지 않니.

살기는. 이미 죽어 놓고.

귀신도 명이 있다.

어디로 가는데?

어디로든.

환생해?

무슨. 안 한다, 환생.

왜?

살아도 보고, 죽어도 보고, 한 번씩 했으니 됐다.

그럼 어디로 가는데?

나도 모른다.

거짓말.

사람이든 귀신이든 제 갈 길은 결국 모른다.

…….

……나중에 극장에서 보자.

자리에서 일어난 엄마는 다시 햇빛 속으로 걸어 들어갔다. 그리고 마치 증발하는 수증기처럼 사라졌다. 그 사이 가게 문이 열리면서 찰랑찰랑 얼음을 가득 채운 두 번째 아이스커피를 들고 남편이 나왔다. 그는 내 얼굴을 보더니 우느냐고 물었다. 사막이라더니 모래바람이 부네. 나는 손등으로 눈을 문질렀다. 눈물은 나지 않았다. 슬프지도 않았다. 그저 좀 이상했다. 죽어서 다시 만난 사람과 또 헤어질 수도 있다는 생각은 한 번도 해본 적 없었다. 죽은 사람과 만나서 극장에 가고 여행을 다니는 일보다 헤어지는 일이 더 이상했다.

*

엄마와 헤어진 후 입덧이 더 심해졌다. 호텔에 도착할 때까지 들를 수 있는 화장실은 거의 다 들렀다. 빈속에 뜨거운 물만 부어 댔으니 나올 것도 없었다. 위액조차 나오지 않는 상황이었다. 속은 울렁거리고, 목은 타는 것 같고, 구역질이 쏟아지는데 허기가 졌다. 다리가 떨려서 움직일 수가 없었다.

마침내 라스베이거스에 도착했을 때 컨디션은 최악이었다.

설상가상 우리가 라스베이거스에 진입하는 순간 한 방울씩 듣던 비가 폭우로 바뀌기 시작했다. 사막 위에 지어진 도시라 좀체 비를 보기 힘든 곳이라고 했는데 도로가 물바다로 변해 있었다. 도착한 날 공연을 예약해 둔 터였다. 체크인하고 방에 들어가 누웠더니 공연 시작 시간까지는 삼십 분도 남아 있지 않았다.

컨디션도 최악으로 치닫고 도로 사정마저 그렇게 변하자 남편은 공연 관람을 포기하자고 했다. 하지만 나는 완강하게 고개를 저었다. 솔직하게 말하면 남편보다 내가 더 간절히 포기하고 싶었다. 오슬오슬 몸까지 떨리는 중이었다. 오는 길에 엄마를 만나지 않았다면, 극장에서 만나자는 말만 듣지 않았다면, 거기까지만 따라오겠다는 말만 듣지 않았다면 당연히 포기했을 것이다. 나는 혼자 첫발을 내딛는 어린아이처럼 힘겹게, 그러나 우뚝 서서 기어이 극장이 있는 엠지엠 호텔로 향했다.

라스베이거스에서 우리가 본 공연은 일종의 서커스쇼 였다. 쇼 제목인 KA*는 불을 상징한다고 했다. 인디언 원주민의 이야기 같았지만 태초의 인류에 대한 잠언 같기도 했다. 쫓고 쫓기는 선과 악의 대립인 듯 보이기도 했고, 육체와 정령의 반목 같기도 했다. 이질적인 두 요소는 끝없이 갈등하고 끝없이 서로를 원했는데, 그리하여 그들이 끝내 돌아섰는지 결국 합쳐졌는지는 모르겠으나 어쨌든 모든 것이 평화롭게 끝났다.

극장 무대가 하늘로 솟구치고, 그 높은 하늘에서 슬프기도 하고 처연하기도 한 인디언 혹은 오래된 정령 같은 무엇이 위태롭게 아래로 떨어질 때 내 배 속에서도 아주 작고 미약한 무언가가 움직였다. 작은 물방울처럼 퐁퐁 시작해 북을 두드리듯 둥둥거리는 울림으로 바뀌었다. 안에서 터진 한 방울의 물은 몸 전체를 노곤하게 적시더니 어느 순간 눈 밖으로 흘러나왔다. 끊이지 않는 한 방울의 물이 줄줄 몸 밖으로 새어 나오면서 문득 파도처럼 일렁거리던 속이 편안해졌다. 그리고 배가 고팠다. 미친 듯이 배가 고팠다. 쇠라도 삼킬 것 같은 맹렬한 식욕이었다. 무대 위를 뛰고 구르던 배우들은 꽃잎인 듯

---

* KA는 고대 이집트 종교에서 영(靈)을, 사후의 부활을 의미하기도 한다.

낙엽인 듯 떨어지며 비상하더니 이내 사라졌다. 어느 순간 암전이었다.

그러나 엄마는 나타나지 않았다. 대신 배 속의 물방울은 북이 되었고, 입덧도 사라졌다.

극장에서 두 번째 태동을 느낀 순간 나는 한 가지 사실을 깨달았는데 그것은 엄마가 사라질 때 펑, 하는 느낌과 처음 태동을 느끼는 순간의 펑, 하는 느낌이 매우 비슷하다는 것이었다. 엄마가 사라지는 모습이 한 방울의 물이 온 우주로 흩어져서 사라지는 모습을 닮았다면 태동은 한 방울의 물이 온 세상을 적시는 그런 느낌이었다. 우리의 삶이란 결국 물방울로 태어나 물방울로 흩어지는 건가. 하나의 물방울이 다른 물방울을 만나 시내가 되고, 강이 되고, 바다가 되어 흐르다가 다시 저 홀로의 몸으로 구름이 되었다가 누군가는 빗방울이 되고 누군가는 이슬이 되어 저마다의 땅에 닿듯 그렇게 돌아오는 것일까.

공연이 끝나고 밖으로 나왔을 때도 여전히 비가 내리고 있었다. 엄마는 극장 밖에도 없었다. 도로에 물이 넘쳐 나는 중이었다. 사막에 지어진 도시라 폭우도 물난리도 거의 없던 일이라고 했다. 남편이 차를 가져오는 동안 나는 하늘에서 쏟아지는 거대한 물 그림을 구경했다. 생각해 보니 죽은 엄마를 처음 만났던 홍콩에서도 이렇게 비가 왔다. 엄마를 만났던 날은 맑은 날보다 비가 오는 날이 더 많았다.

엄마는 왜 오지 않은 걸까. 오기는 왔었던 걸까. 혹 극장을 잘못 찾은 건 아닌지 나는 폭우 속에 잠긴 건물과 건물 사이의 골목을 뚫어져라 살폈다. 빗물 때문에 밖은 온통 검게 얼룩져 있었다. 그러나 엄마는 보이지 않았다. 오기는 왔는데 벌써 다른 세상의 무언가가 되어서 내 눈에는 보이지 않는 건지도 몰랐다. 이제까지 만난 엄마가 모두 허상 같았다.

"뭘 그렇게 유심히 봐?"

어느 틈에 차를 가지고 온 남편이 차창을 내리며 물었다.

"신기루."

"웬 신기루."

"사막이잖아."

"싱겁긴."

둘러댄 말이지만 뱉고 보니 그럴듯했다. 사막 위에 쌓아 올린 도시이니 어쩌면 도시 자체가 신기루인지도 몰랐다. 남편은 차에서 우산을 가지고 내려 나에게 문을 열어 주었다. 엄마는 오지 않고 엄마 대신 배 속의 물방울들이 자꾸 터졌다.

엄마는 이제 영영 떠났구나, 나는 비로소 이별을 실감했다. 그리고 그제야 사막 한가운데서 물방울처럼 사라진 엄마의 뒷모습을 떠올렸다. 무대였다면 꽤 멋진 퇴장이다. 허구한 날 배우가 꿈이라고 노래를 하더니, 어떤 꿈은 그런 식으로 이루어지기도 하나 보았다. 내 삶은 어떻게 될까. 내 꿈도 그렇게 이루어지려나. 엄마가 배우를 꿈꿀 때, 나는 세계를 떠돌고 싶었다. 여행 같은 삶이라니 진부하고 고루한 은유 같다. 그러나 그 이상의 삶이 있을까. 나도 아마 그렇게 살게 될 것이다. 한 번도 경험해 본 적 없는 다음 시간을 낯선 세계처럼 살며 늙어갈 것이다. 물방울처럼 한 생명이 태어나고 물방울처럼 한 삶이 사라지듯 그렇게 생이 흘러갈 것이다. 그렇게 흐르다 어느 바다에서 또 만날지도 모르고. 그렇게 생각하니 이별이 그리 슬픈 것도 아니었다. 그런데도 나는 좀 울었는데, 엄마와 헤어지고 난 후 처음 흘린 눈물이었다. 아직도 몸이 안 좋은가 보네, 우는 나를 근심스레 바라보며 사막의 물속으로 남편이 시동을 걸었다.

* 제목 '물 그림 엄마'는 기형도 시인의 「너무 큰 등받이 의자」의 시어 "물 그림 아버지"에서 따왔습니다.

엄마는 엄살이 심했다. 조금 아플 때나 많이 아플 때나 생사를 오가는 사람처럼 끙끙 앓았다. 대체 어디까지가 진짜인지 알 수가 없었다. 그래서 아파도 대접을 못 받았다. 간병하는 사람이 식구일 때도 그랬고, 남일 때는 더욱 그랬다. 입원이라도 하면 6인실 병실이 다 시끄럽도록 앓아서 같은 방 환자에게 클레임이 들어오고, 간호사실에서도 클레임이 들어오고, 의사도 우리를 붙잡고 하소연을 했다. 그게 너무 힘들어서 엄마가 아플 때마다 엄마하고 싸웠다. 마지막으로 입원했을 때도 그랬다. 간병인이 도망가고, 온 병실 환자들이 다 우리를 붙잡고 엄마 좀 어떻게 해 보라며 화를 내고, 그래서 큰소리로 싸웠는데, 그랬더니 그 다음 날 엄마가 내 눈을 피했다. 엄마가 세상을 떠나기 이틀 전이었다.

엄마란, 내게 늘 가장 어렵고 아픈 이름이다. 엄마가 떠난 지 몇 년 지난 지금도 그렇다. 그런데 이렇게 오랜 시간 쓴 소설 속에 편마다 그 이름이 남아 있으니 대체 무슨 까닭인지 모르겠다. 이 소설 속에 나오는 엄마들은 내 엄마와는 다르다. 그러나 동시에 모두 내 엄마이기도 하다. 나는 나의 엄마와 같은 엄마를 한 번도 만난 적이 없다. 모성이, 본성이 아니라 하나의 신화이고 환상이라는 데 이제는 대부분 동의하지만, 그 훨씬 이전부터 나는 엄마에게 그 사실을 배웠다. 엄마는 엄마이기 이전에 한 인간이었고, 여성이었고, 지극히 개별적이면서 동시에 복합적인 존재였다. 그 존재가 내 안에 이야기를 심고, 키우고 확장시켰다. 이제까지 내가 써 온 많은 이야기들이 엄마에게서 출발했다. 그리고 나는 이제 그 이야기의 원형, 그러니까 그 이야기의 주인인 존재에 대해 기록하고 싶다. 그것은 헤어지는 순간, 사랑한다, 는 말 대신 엄마에게 전한 나의 작별 인사이자 약속이기도 하다.

그러하니 여기에 실린 소설들은 어쩌면 다음 기록을 위한 밑그림일 텐데, 그러므로 모든 순간 최선을 다했다. 그 최선을 믿고 응원해 준 친구들과 사는 일과 쓰는 일 모든 면에서 친구이자 동료이자 어른이 되어 준 이설, 병모 두 작가의 격려와 손 내밀어 준 출판사에 감사한다. 소설에 자신의 작품을 인용할 수 있도록 허락해 준 동명의 감독과 내 엄마가 세상에 있는 동안, 그 서랍에 사랑한다는 편지를 가득 채워 준 내 아이에게도 고마움을 전한다.

엄마를 마음 편히 사랑하지 못했던,
엄마가 내내 아픔이었던 이들에게.

엄마 되는 상상력, 여성의 자기서사 이해하기

선우은실(문학평론가)

엄마에 대해 뭐라 말하면 좋을까. 단순히 나의 모친에 국한할 게 아니라 보편적 '엄마'에 대한 개념에서부터 시작하며 질문을 바꿔 본다. '엄마'란 도대체 무엇일까?

우리는 '엄마'를 눈앞의 존재로 마주하고 있기도 하지만 '엄마'란 좀 더 개념적 차원에서 일정한 역할을 수행하는 존재 양상으로 볼 수 있다. 우리는 종종 '엄마 같은 사람'이란 표현을 듣는다. '엄마 같은'이란 수식은 보통 어떤 상황에서 사용되는가. 푸근한 사람, 다정한 사람, 잘 챙겨 주는 사람, 살가운 사람……. 이러한 관용적 표현에 어느 정도 동의할 수 있다면 '엄마 같다'라는 수식은 부양자이자 보호자로서의 존재가 수행하는 행동 양상으로부터 느껴지는 일종의 안정감을 설명할 때 사용됨을 알 수 있다. 이때 지시되는 이의 젠더가 '여성'으로 모아진다는 것 역시 중요한 사항 중 하나다.

그런데 엄마는 정말 그렇기만 할까? 엄마는 온화한 성정을 지닌, 보호자로서 피부양자를 보살피는 데에 삶을 다 바쳐야 하는(또는 그런 것을 자연스럽게 받아들여야만 하는) 여성 존재일까? 답은 '그렇지 않다', '그럴 필요가 없다'의 두 가지로 제시될 수 있다. 당장 우리 곁의 모친과의 에피소드를 떠올려 보자. 그녀와 다투고 그녀를 도저히 이해할 수 없고 다신 보지 않으리라 결심했던 수많은 비극적인(?) 순간이 있었으리라. 이처럼 삶에서 우리가 엄마 '된' 존재와 맺는 관계 양상은 행복과 기쁨은 물론 좌절, 분노, 슬픔 등의 감정을 다층적으로 아우른다. 그런데도 개념적 차원의 '엄마 됨'에 대해서는 친절, 희생, 헌신 등의 일정한 행위 양식의 리스트를 만들어 적용시키고자 한다면, 실제 삶에서와는 달리 개념상 '엄마'란 존재에게 특정한 이미지를 반복적으로 투영하는 이유가 무엇일까에 대한 고민이 필요하다.

엄마-여성은 왜 분열되는가

여성은 '엄마'라는 하나의 사회적 이미지를 내면화할 수도 있고 그것을 비판적으로 검토할 수도 있다. 중요한 것은 사회적 요구의 자타의적 수용과 해석의 과정에서 엄마란 존재는 개념적 차원의 '엄마'라는 낭만적 형상만으로 현시되지 않는 복잡한 존재란 점이다. 그렇다면 역할에의 강조와 실제 삶 사이의 간극으로 인해 압박받는 한 개인은 분열적 증상을 드러낼 수 있다. 「함께 춤을 추어요」에서 아이를 키우는 동시에 자기 내면의 아이를 발견한 엄마 화자가 그 둘을 컨트롤해야 한다는 강박에 시달리는 모습이 그렇다. 타인의 삶에 대해 단순하고 명쾌한 답안을 제시해 주는 듯한 상담사를 통해 건강한 사고를 학습하여 더 나은 삶을 지향할 수 있을 것 같았던 화자는 내면 아이로서의 자기와, 성인이자 엄마인 현실의 자아를 봉합하지 못하고 분열하는 쪽으로 향한다. 어렸을 때 엄마에게 버림받았다고 느낄 만큼 보살핌을 받지 못했다는 사실은 화자의 불행한 결혼/육아 생활에 영향을 미치면서 그녀의 죄책감과 책임감을 동시에 자극한다. 소설 속 여성은 가정 속 여성에게 부과되는 역할을 수행하는 과정에서 '보살핌'이라는 강박을 해소하지 못하고 자기 파괴적 행위로 나아가는 것이다.

결혼을 하고 아이를 낳았다는 것만으로 사회가 바라는 이상적인 엄마에 도달하는 것은 아니다. 애초에 엄마 되는 여성의 층위 자체를 입체적으로 보아야 한다. 문제는 우리는 이런 사실을 자주 잊어버린다는 것이다. 특정한 속성이 한 개인의 본질을 결정할 수 없음을 알면서도 여성 젠더이자 임신 가능성이 있는 이에게 '엄마 됨'의 프레임을 손쉽게 덧씌운다. 그렇다면 이러한 사회구조 및 인식적 측면들을 고려하면서 실존하는 한 명의 구체적 인간인 '엄마'를 어떻게 이해할 수 있을까. 소설을 통해 적극적으로 묻고 답해 보고자 하는 것은 이것이다.

'여럿 중 하나'의 요소로 엄마 정체성 읽기

'엄마'로서 압박을 느끼지만 「함께 춤을 추어요」의 화자와는 정반대로 엄마로서의 역할을 충분히 수행하지 못하는 자기 자신을 전면적으로 인정하는 화자가 등장하는 「누가 정혜를 죽였나」(이하 「정혜」)를 살펴보자. 이 소설에는 "글을 쓰는 정혜"와 "영화를 찍는 정혜"가 등장한다. 소설은 그중 글을 쓰는 정혜에 시선을 맞춘다. 글 쓰는 정혜는 소설로 등단했지만 생계를 유지하기 위해 외주 업무를 하느라 정작 소설은 쓰지 못하는 형편이다. 결혼을 하고 아이를 키우면서 점점 더 소설 쓰기가 요원해지자 이혼을 결심하는 글 쓰는 정혜는 우연히 영화 찍는 정혜를 소개받으며 작가로 성공하고 인정받고 싶은 자신의 욕망을 들여다보게 된다. 글 쓰는 정혜는 자신보다 젊고 커리어적으로 능력을 인정받는 영화 찍는 정혜를 질투하며 자신에게 필요한 것이 어쩌면 "시간이 아니라 관심과 격려"가 아니었나 하는 마음을 마주하며 열등감 또는 열패감을 느낀다.

「정혜」는 주제적 측면에서 여성의 삶을 아우르고 있는 다양한 정체성과 개인의 욕망에 주목한다. 이 과정에서 아내/엄마로서의 책임을 충실히 수행하지 못했다는 것에 대한 죄책감이나 책임감은 그녀의 다른 욕망 ― 커리어에 대한 욕심, 인정욕, 영향력을 가지고 싶은 욕망 등 ― 과 견주었을 때 그녀에게 특별히 더 강력하게 작

동하지 않는다. 이로써 소설은 '여성의 삶'을 이해한다
는 것은 한 명의 개인의 삶을 본다는 것에 가까워서 여
성에게 가정의 존재로서 요구되는 여러 사회적 책임감
들이 사실은 욕망 주체로 여성을 사유코자 할 때 그녀
에게 작동하는 여러 요소 중 하나일 수 있다는 가능성
을 제시한다.

　이와 관련해 소설의 기법을 눈여겨봐야 한다. 소설
은 전지적 작가 시점을 취하고는 있으나 사실상 내포 작
가를 설정해 글 쓰는 정혜의 생활과 내면에 초점을 맞
춘다. 이는 정혜와의 일정한 거리를 확보하는 장치로 볼
수 있다. 또한 두 명의 정혜를 등장시킴으로써 주목하고
자 하는 다른 정혜를 "글을 쓰는 정혜"로 명명하고 정체
화함으로써, 이후의 서술에서 더 이상 정혜를 '글 쓰는
정혜'라 부르지 않아도 독자는 자연스레 정혜가 글을 쓴
다는 사실을 염두에 두게 된다. 이로써 내포 작가, 정혜,
독자 사이에 정혜를 정의하거나 호명하는 수많은 이름
들 중 '작가'가 정혜를 설명하는 가장 중요한 명명이란
사실을 공유한다. 이러한 모종의 합의가 발생한 상황에
서 정혜는 비로소 업무와 관련해 높은 성취감을 보이고
싶은 사람이자 대내외적으로 능력을 인정받고 싶은 캐
릭터로 이해된다. 이 과정에서 정혜가 포기하는 결혼 생
활 및 부모로서의 역할은 타인과의 관계에서 신뢰와 책
임감으로 엮여 있는 문제이기도 해서 정혜에게도 타격

으로 다가온다. 그러나 앞서 정혜의 여러 정체성을 두루 살펴온 바 이제 이것을 그저 '엄마인 여성의 죄책감'으로 만 한정해서 읽지 않아도 좋겠다.

이렇듯 작가는 '엄마'로 불리는 여성의 다양한 모습들을 여러 편의 소설에서 제시한다. 그것은 엄마로서의 여성을 조명하고자 함이 아니라, 엄마란 층위 역시 여성이 욕망하고 실현코자 하는 삶의 양식 '중' 하나라는 것을 강조하기 위함이다. 그렇기에 소설에서 엄마는 희생이나 사랑의 헌신으로만 그려지지 않는다. 엄마 캐릭터는 이제 '엄마'라는 이미지 자체를 주제 의식으로 삼는 것에 머물지 않고 자본주의적 현실의 삶 한복판에 놓여 거래되는 '자식-엄마'의 관계를 드러내는 장치로 기능한다. 「토마토를 끓이는 밤」의 엄마는 소설의 초반에 언뜻 경제력을 완전히 상실하고 군식구로 들어온 '나'와 남편 내외에게 도움을 주는 존재로 등장한다. 그런데 엄마가 아파트에 기거하는 또 다른 누군가의 엄마들의 거취와 죽음을 '관리'하면서 돈을 버는 장면을 거치면서, 소설은 노인되는 부모의 삶을 일련의 자본주의 구조 속 거래물로 포착한다. 소설의 마지막에 이르러 한 부잣집 자제가 뇌졸중으로 쓰러져 죽어 가는 '나'의 엄마를 자신의 숨겨져야만 하는 엄마로 간주하며 그간의 돌봄의 대가로 '나'에게 거액을 쥐여 주고 '나'의 엄마를 데려가는 장면 역시 비슷하게 독해된다. 자본주의 사회 안에서 거래물로 자리하는 엄마 자식 간 (피)부양자의 관계는 가히 블랙 코미디적이다. 엄마가 '효도'를 거래물로 다루면서 대리 실천하는 사람으로서 또 다른 엄마를 보살폈던 아이러니와 마찬가지로, '나' 역시 일종의 '효도'로서 죽어 가는 엄마를 부잣집에 넘겨 버리는 장면은 모녀 서사를 다양한 방식으로 풀어낼 수 있음을 보여 준다.

엄마 '되는' 존재

다시 '엄마란 무엇인가'라는 질문으로 돌아가 보자. 나는 글의 서두에서 '엄마 된 존재'와 '엄마 됨'이라는 표현을 구분해서 사용했다. 엄마는 한 명의 구체적 개인이 어떤 행위를 통해 특정한 순간에 '되는' 것이다. 혼인한 여성 또는 아이를 낳은 여성에 주어지는 표상적인 지시어가 아니라는 뜻이다. 한편 보다 본질적이고 고정된 의미로 사용되는 관념적 차원의 '엄마'에 대해서는 '엄마 됨'이라는 표현을 사용했다. '엄마 됨'은 '되는 중'이 아니라 '되었음'을 의미한다는 점에서 행위의 완결을 더 강조한다. 그런데 엄마라는 존재 양상에서 '되었음'이란 완성형이 사실상 불가능한 표현이라면 어떠한가? '엄마'가 어떤 자격을 얻음으로 단번에 거듭나는 존재가 아니라 그렇게 불림으로써 계속해서 '되어 가는' 존재라는 인식은 개인의 정체성을 더 폭넓게 사유하도록 만든다. 오늘날 곳곳에서 여성 젠더에 대해 그간 견고하게 부여되어 왔던 프레임을 비판적으로 사유하고자 하는 움직임과 연관 지어 볼 때, 여성의 한 양상이라 할 수 있을 '엄마'를 이렇듯 되어 가는 존재 양상으로 상상해 볼 필요도 있겠다.

엄마가 되어 가는 상상. 이 상상 가능성을 주제 의식으로 삼을 때 주목해야 할 서사의 특징은 이 '되어 가는 존재'가 누군가의 엄마, 그리고 엄마가 되어 갈 딸이라는 두 층위의 인물을 통해 확인된다는 것이다. 엄마와 딸은 남성 중심적 이성애주의 가부장제 이데올로기*와 무관하지 않은 관계 체제이자 호명 체계다. 이러한 유구한 사회적 맥락 안에서 엄마는 누군가의 딸이었고 딸은 훗날 엄마가 된다. 그렇기에 가족이란 관계 공동체 속 엄마와 딸은 여성이라는 정체성을 중심으로 서로를 가장 잘 이해할 수 있는 존재인 동시에, 여성으로서 삶의 궤적이 흡사할지도 모른다는 예측 속에서 부정하고 싶은 존재이기도 하다. 이번에는 이런 복잡성을 고려하여 엄마 되어 가는 존재로서 딸, 엄마, 할머니에 이르는 너른 층위를 보여 주는 소설에 시선을 던져 보자.

---

* 엄마가 되는 여성에 대한 인식과 관련하여 남성 중심적 이성애주의 가부장제라는 맥락은 매우 중요하다. 엄마라는 호칭이 특정한 관념으로 의미화되는 것과 밀접하기 때문이다. 엄마라는 호칭은 일반적으로 이성애를 보편으로 삼는 사회에서 남성과 결혼하여 사회 제도의 승인을 받아 가정이라는 공동체를 꾸린 여성에게 부여된다. 이때 여성은 그 집에서 실제로 어떠한 역할을 수행하든(경제력, 가사 노동, 돌봄 노동 등) 가장이기보다는 씨부양자로 인식되거나 자리할 것을 요청받는다. 또한 남편과 아이 그리고 가정 내부의 노동을 수행할 것을 역할이자 의무로 배당받는데 이는 남성 가부장 사회의 맥락 속에 놓이지 않는다면 '보편적 여성 규범'이라 말할 수 없다.

딸, 엄마, 할머니와 여성 대타자

「환생」은 엄마의 죽음*을 목도하는 과정을 그리는 서
사 속에 여러 겹의 모녀 관계를 드러낸다. 소설은 병원
에서 몇 번이나 죽음의 고비를 넘기고 되살아나는 엄마
와 그녀를 바라보는 자식들의 상황을 통해 일종의 블랙
유머 코드를 발동시킨다. 엄마의 '진짜 임종'을 기다리
는 삼 남매의 맏딸인 '나'는 계속해서 살아나는 엄마를
보며 복잡한 감정을 느낀다. "이렇게까지 간절히 엄마가
생을 놓지 않고 붙들어 줘서 고맙고 다행스러운 마음"
인 한편 "우리가 차마 내색하지 못하는 어떤 간절한 기
대를 배반하고 눈치도 없이 자꾸 살아나는 엄마가 피곤
하고 귀찮은 마음"이 드는 것이다. 특별히 사이가 나빴
던 것도 아닌, 누구보다도 가까운 가족의 죽음을 목전
에 두고 교차하는 이 두 마음은 '자식-부모'의 한평생의
관계에 대한 요약으로도 읽힌다. 어느 시점에 이르면 자

---

* 죽음은 이 소설집 전반서 모녀 관계에 배치되어 있는 사건 중 하나다. 「환생」, 「토마
토를 끓이는 밤」, 「으라차차 할머니」, 「누가 정혜를 죽였나」, 「무영에 가다」, 「물 그림
엄마」 모두 죽음을 매개로 하고 있다. 이 중 「무영에 가다」는 다른 서사들이 모녀 관계
에 집중하는 것과 달리 죽음 자체에 초점을 맞추고 있다는 점에서 독자에게 가장 낯설
게 느껴지는 소설일 것이다. 그런데 이를 달리 이해하면 「무영에 가다」를 통해 소설의
전반적 주제 중 하나인 죽음에 대한 이해를 구해 볼 수 있다는 뜻이기도 하다. '와이'의
자살을 돕기 위해 채용된 '나'가 이른바 자살 보조 노동을 행하는 과정에서 '와이'가 죽
지 않음에 내심 안도하는 동시에 와이와의 만남이 언제나 죽음을 약속하고 이루어진
다는 역설로 소설을 요약해 본다. 이는 우리가 타인의 죽음으로부터 생의 소멸뿐만 아
니라 생과 삶에 대한 감각 및 그에 대한 해석적 사고를 수행한다는 것을 알려 준다. 이
에 근거하면 소설집 곳곳에 배치되어 있는 (조)모(손)녀 관계 성찰에서 발생하는 죽음
은 그녀들의 '살아 있음' 자체를 강력하게 환기하는 사건이라 할 수 있다.

식은 부모와 함께한다는 사실만으로도 감사한 동시에 서로의 자장 속에서 벗어나야 하고 그래야만 독립된 개인으로 각자의 삶이 전환될 수 있음을 깨닫는다. 바로 이 지점에서 엄마의 죽음과, 화자가 다섯 살 난 딸의 엄마라는 인물 정보를 겹쳐 읽을 수 있다. '나'는 엄마의 죽지 않음이 안타깝고 곤혹스러운 동시에 언젠가 딸을 자신에 귀속된 존재가 아닌 독립적 존재로 분리해 내야 할 사명이 있다. 이렇게 엄마의 죽(지 않)음을 바라보는 딸이자 다섯 살 난 딸아이의 엄마라는 다층적 정체성을 가진 '나'의 시각은 '부모-자식' 간 애착 관계 속의 개인으로, 그리고 개별적 인간으로 사유하는 두 층위를 동시에 보여 준다.

소설에는 삼 남매와 엄마, '나'와 나의 딸 말고도 하나의 모녀 관계가 더 드러난다. 바로 '엄마'와 외할머니의 관계다. 중요한 것은 이 둘의 관계가 딸이자 손녀인 '나'의 시선에서 이해된다는 점이다. '나'는 외할머니라는 '여성 대타자'적 존재를 엄마와 연결함으로써 엄마를 딸된 입장으로 환원한다. 딸 가진 엄마이자 엄마의 맏딸이라는 '나'의 복잡한 관계로 인해 나는 그들을 이해하는 복합적 정체성을 갖게 된다. 소설의 후반부에서 엄마가 사실은 혼외 자식이었고 외할머니가 소싯적 큰딸은 귀애하고 작은딸인 엄마는 구박했음이 밝혀지는데, 그 사실에 근거해 병든 할머니를 구박하는 어머니를 떠올리는 '나'의 시선으로부터 이들의 관계는 그저 보호자-피보호자만도 단순한 엄마-딸의 관계만도 아닌 가족 구성원 내 여성들의 다면적 관계임이 드러난다.

엄마의 죽음을 가깝게 예견하는 시점에 그녀의 삶을 반추하는 서사적 흐름은 새로운 것이 아니나 그간 부모 자식의 관계를 부자(父子) 관계로 등치시켜 온 오랜 서사적 관습을 돌이켜 볼 때 한지혜가 제시하는 죽음을 둘러싼 모녀 서사는 인간 존재를 다시금 사유하게 하는 죽음이라는 사건에 젠더성을 부여했다는 점에서 중요하다. 이는 자식이 학습하고 마침내는 뛰어 넘어야 할 세계의 상징 질서인 '대타자(大他者, Other)'가 ('아버지'적 존재가 아닌) 여성 젠더로도 사유될 수 있음을 보여준다.

대타자가 세계의 질서와 권위 및 규칙을 내면화하게 만드는 존재라고 할 때 '여성 대타자'는 어떤 식으로 독해가 가능할까? 여성에게 세계의 규율을 학습시키는 것이 제도적으로 가부장제라고는 해도 딸 된 도리를 강조하거나 어머니 되는 것의 선행자로서 '어머니 여성'은 가부장제 내부의 여성이라는 점에서 딸 또는 자신의 엄마와 일정한 이미지를 공유한다. 그렇다면 딸 된 입장에서 엄마를 이해할 때, 엄마의 대타자는 할머니가 된다. '할머니'의 존재로 드러나는 이 여성 대타자는 일반적 의미의 '대타자'와 동일한 의미의 상징 질서로 작동하지는 않는다. 앞서 「환생」에서도 보았듯 할머니라는 여성 대타자는 엄마를 홀대하고 구박함으로써 그 존재를 억압하기도 하지만 훗날 늙고 병들어 젊은 날의 그 잘못을 질타받는 과정에서 마치 죄를 인정하듯 모멸을 온몸으로 받아 낸다. 이로 볼 때 여성 대타자의 존재는 위계와 권력적 관계로 구축되는 상징 질서를 구현하는 동시에 노년이라는 죽음의 시점에 이르러 딸 된 존재에 의해 전복되고 해체하는 양상까지를 포함한다.

모녀 서사에서 조모손녀 서사로

소설은 모녀 서사에서 조모손녀 서사로 확장된다. '여성 대타자'로서 할머니의 존재에 이어 '외할머니-엄마-딸/손녀'로 이어지는 흐름을 읽어 보고자 한다. 모녀 서사에서 조모녀 서사로 건너가는 흐름을 볼 때, 엄마가 되어 가는 딸이 엄마를 어떻게 이해하게 되는지부터 단계적으로 접근해야 하겠다. 「물 그림 엄마」의 화자인 '나'는 극장에서 죽은 엄마를 시시때때로 일상에서 마주친다. '나'가 가는 곳, 특히 극장이 있는 곳이라면 어디든 나타났던 귀신 엄마는 '나'가 결혼을 하고 아이를 가진 채 신혼여행을 떠나게 되자 딸과의 이별을 예고한다. 결혼 제도를 통과하고 아이를 가짐으로써 사회적으로 '엄마'라 호명되는 과정 속에 놓인 여성 화자가 출

산에 가까워져 가는 시점에 모친을 떠올리는 것은 비교적 익숙한 모녀 서사의 주제다. 이 소설의 특징은 이 주제 의식을 어느 정도 공유하는 선에서 딸을 자신의 엄마를 마냥 이해하는 존재로 그리지 않고 엄마의 소멸과 아이의 태동을 겹쳐 놓는다는 데 있다.

극장 무대가 하늘로 솟구치고, 그 높은 하늘 아래에서 슬프기도 하고 처연하기도 한 인디언 혹은 오래된 정령 같은 무엇이 위태롭게 아래로 떨어질 때 내 배 속에서도 아주 작고 미약한 무언가가 움직였다. 작은 물방울처럼 퐁퐁 시작해 북을 두드리듯 둥둥거리는 울림으로 바뀌었다. 안에서 터진 한 방울의 물은 몸 전체를 노곤하게 적시더니 어느 순간 눈 밖으로 흘러나왔다. (……)

그러나 엄마는 나타나지 않았다. 대신 배 속의 물방울은 북이 되었고, 입덧도 사라졌다.

극장에서 두 번째 태동을 느낀 순간 나는 한 가지 사실을 깨달았는데, 그것은 엄마가 사라질 때 펑, 하는 느낌과 처음 태동을 느끼는 순간의 펑, 하는 느낌이 매우 비슷하다는 것이었다. 엄마가 사라지는 모습이 한 방울의 물이 온 우주로 흩어져서 사라지는 모습을 닮았다면 태동은 한 방울의 물이 온 세상을 적시는 그런 느낌이었다. 우리의 삶이란 결국 물방울로 태어나 물방울로 흩어지는 건가. 하나의 물방울이 다른 물방울을 만나 시내가 되고, 강이 되고, 바다가 되어 흐르다가 다시 저 홀로의 몸으로 구름이 되었다가 누군가는 빗방울이 되고, 누군가는 이슬이 되어 저마다의 땅에 닿듯 그렇게 돌아오는 것일까.

—「물 그림 엄마」에서

신혼여행에 따라온 귀신 엄마는 "살아도 보고, 죽어도 보고, 한 번씩 했으니" 환생 따위는 하지 않을 거라며 라스베이거스의 극장에서 딸과 마지막으로 만나기로 한다. 그러나 엄마는 나타나지 않고 극장에서 엄마를 기다리던 '나'는 태동을 느끼며 불현듯 뭔가를 깨닫는다. 그것은 태동이 귀신 엄마가 느닷없이 나타났다가 사라질 때의 "펑"과 비슷하다는 사실이다. 지금 '나'에게는 두 개의 삶의 변화가 예정되어 있다. 엄마와의 또 한 번의 이별과 곧 태어날 새 존재를 맞는 일이다. '나'는 딸로서 엄마와의 이별을 맞이하는 동시에 엄마 되는 입장에서 아이를 맞이한다. 그런데 '나'에게 이는 명백하게 구분되는 역할의 분할로 인지되지 않고 하나의 뒤섞이는 흐름으로 이해된다. 인간을 "한 방울의 물"에 비유하여 삶을 태어나고 가족을 이루며 대지를 적시다가 기화되어 공기 중으로 날아가는 것으로 이해하는 인식 구조는 무엇을 말해 주는가. 그것은 딸에서 엄마 되는 것이 일정한 단계적 절차에 따라 일어나는 일이 아니라 일정한 순환적 흐름 위에서 서로의 삶이 개입하면서 발생하는 복합적인 일이라는 의미다. 소설은 엄마 되는 시점의 '나'를 주로 하여 가부장제 맥락 안에서 '모녀'로 엮여 있는 그들의 관계가 한시적으로 '펑'하고 사라져야만 하는 일임을 암시하기도 한다.

이번에는 '엄마 되는 딸의 엄마 이해하기'의 연장선에서 손녀딸이 보는 엄마–할머니의 관계를 본다. 「으라차차 할머니」(이하 「으라차차」)는 손녀의 시각을 취해 엄마와 할머니의 삶의 역사를 돌아보는 소설이다. 각 인물은 한 명의 여성이 딸이자 어머니이자 할머니로서 각각 자식 및 손녀와 어떻게 중층적으로 관계를 맺는지 보여 준다. '나'의 가족 탄생의 이력을 주된 서사로 삼는 이 소설에 할머니 '김순녀'의 자전적 서사가 개입한다는 점이 특징적이다. 자신의 죽음을 예견하고 손녀 '나'에게 건네는 "낡고 두툼한 공책"에는 할머니가 해석한 자신의 삶이 적혀 있다. '나'는 할머니의 소싯적 삶을 수차례 들었으므로 그 공책 속 내용의 일부가 거짓됐거나 각색된 것임을 안다.

실제 할머니는 부잣집 딸이 아니었고 신체 불구 때문에 상경해서도 교사가 되지 못했다. 전쟁이 터지고 모든 것을 잃고 굶어 죽기 전에 기생집에 당도해 "글 모르는 기생들 대신 편지도 읽어 주고, 글씨도 써 주"면서 피란

시절을 났다. 그런데 할머니의 공책 속 김순녀는 유복한 집의 자녀로 태어나 총명한 머리를 인정받으면서 교사가 되고자 했으나 몸이 병약해 꿈을 이루지는 못했다고 서술된다. 그러나 김순녀의 재능을 안타까워한 주변의 도움으로 관공서에서 일을 하게 되었고, 삶이 피폐해진 전쟁 중에는 지체 높은 사람들의 사교 모임에 관여하는 삶을 살았다고 적혀 있다.

몸이 아팠다, 머리가 좋았다, 전쟁을 겪었다는 세 가지 사실 외에는 화자의 표현대로 "허풍"에 가까운 이 이야기를 할머니는 왜 '나'에게 전해 주었을까? 할머니의 자기 서사를 언급할 때 반드시 붙어야 할 수식어는 '여성'이다. 할머니의 삶 속에서 '여성'으로서의 삶의 질곡—딸, 신체가 불편한 '여성'의 층위 등—이 드러나기 때문이고, 이 삶에 대한 기록이 다름 아닌 '손녀'에게 전해지고 그것이 소설이 되어 지금 이렇게 우리의 눈앞에 펼쳐지고 있기 때문이다. 즉 이것은 여성(들)의 자기 서사다.

박혜숙에 따르면 "'자기서사'란 화자가 자기 자신에 관한 이야기를 그것이 사실이라는 전제에 입각하여 진술하며, 자신의 삶을 전체로서 회고하고 성찰하며 그 의미를 추구하는 특징을 갖는 글쓰기 양식"*이다. 요컨대

---

* 박혜숙, 「여성의 자기서사와 관련한 몇 가지 문제들」, 『한국 고전문학의 여성적 시각』(소명출판, 2017), 116쪽.

사실적 삶을 준거로 삼되 그것에 대한 재해석과 의미화의 과정을 거쳐 내어 놓는 이야기 행위가 자기서사다. "살아온 것도 인생이고, 살고 싶은 것도 인생"이라는 할머니의 말을 참고할 때 할머니가 자신의 삶을 있는 그대로가 아닌 다소간 영웅의 일대기적 형식(뛰어난 영웅적 주인공과 그를 돕는 조력자로서의 주변 인물 등)으로 기술한 것은 그녀가 허풍쟁이이기 때문이 아니다. 원했으나 되지 못한 삶을 되고 싶은 삶의 모습으로 재구성한 이 한 편의 자기서사는 여성의 삶이 어떤 인식의 한복판에 놓여 있었으며 할머니가 원하던 삶이 가능하도록 하기 위해 인간에 대한 어떤 종류의 숙고가 필요한지를 생각하게 만든다.

여성의 삶을 이해한다는 것은 무엇일까? 어떻게 재현해야 여성의 현재 삶을 보여 주는 동시에 더 나은 미래로 이끌어갈 수 있을까. 「으라차차」에 와서 보다 직접적으로 개진되는 '여성의 자기서사'에 대한 성찰은 우리가 한지혜의 소설을 '(조)모(손)녀 서사'에 대한 것으로 읽음으로써 여성의 삶에 대해 우리가 어떤 점을 더 숙고해야 하는가를 묻게 만든다는 점에서 중요하다. 해설에서 다루지 못한 각 소설의 여러 디테일을 발견하는 일을 독자의 즐거움으로 남겨 두고서, 책을 덮은 뒤 함께 고민했으면 하는 지점은 이런 것이다. 우리는 모녀 서사를 어떻게 담론화해 왔으며 이를 어떤 방식으로 '인식'하고 또 '해석'할 수 있는가? 한지혜의 소설은 엄마라는 이미지에 매몰되지 않는 관계 서사를 제시함으로써 이런 질문을 촉발시킨다. 우리는 소설 속 인물들을 통해 여성을 이해하는 어떤 다른 방법 또는 가능성을 보는가. 이것이 나와, 내 여성 친구와, 여성 가족을 이해하는 '서사'로서 어떻게 기능하게 될지 궁금하지 않은가. 이 흥미로운 관계 탐구의 여정을 우리는 막 시작했다.

소설 속 인물들의 뒷모습을 상상해 본다. 죽음을 앞
둔 엄마의 공처럼 둥근 등, 오도카니 앉아 농구 경기를
보고 있는 고부의 쪼글한 팔꿈치와 손녀의 굽은 등을
쓰다듬는 꼽추 노파의 하얀 정수리, 스스로를 내치지
않기 위해 전화기를 부여잡은 자의 무거운 어깨와 끓는
토마토를 천천히 젓는 남편을 바라보는 여자의 시린 귓
불과 태동을 느끼자 고개를 숙여 아랫배를 바라보는 그
이의 길다란 목덜미 같은 이미지들. 사뭇 외롭고 적적해
보이지만 조금 더 자세히 들여다보면 그들은 모두 위엄
스러운 여자들이었다. 쉽게 눈물 짓지 않고, 빨리 체념
하지 않으며, 어제보다는 오늘을, 훗날보다 지금을 사는
인물들이기 때문이다. 죽음 앞에서 쩔쩔매지 않는 데
다, 주저앉는 삶이 아니라 나아가는 삶을 꾸리는 인물
들이어서 얼마나 다행이고 고마운지.

이토록 의연히 걸어가는 인물들은 분명 작가의 사려
깊은 세계관에서 비롯되었을 것이다. 오랜 시간 공을 들
여 만들고 다듬었을 이야기와 그에 맞춤해 빚어낸 인물

들의 배치는 새삼스럽게 소설 읽는 즐거움을 깨닫게 한다. 나의 이야기인 줄 알았으나 우리의 이야기이고, 당신의 이야기인 줄 알았으나 결국 나의 이야기일 수밖에 없는 소설이기 때문이다.

한지혜의 소설은 인생이라는 황량한 사막에 낙타 한마리가 되어 서로의 외봉을 마주 기대어 보는 것도 나쁘지 않겠다고 말한다. 어른의 세계란 무연한 슬픔을 더없이 깊고 아름답게 바라볼 줄도 아는 마음이라고 알려 준다. 삶은 장과 단, 명과 암, 미와 추, 생과 사로만 나뉘는 것이 아니라 무수한 결과 그로 인해 파생된 무한한 인과의 관계로 직조된다는 것도 귀띔한다.

무디고 둔탁한 시선으로는 온기를 만들 수 없다. 거칠고 투박한 손길로는 이웃의 가냘픈 숨소리를 감지할 수 없고, 날이 선 날것의 목소리로는 앓는 이들을 감싸 줄 품을 만들기 힘들다. 그러므로 익숙한 목소리와 낯설지 않은 언어로 다가오는 한지혜의 소설이야말로 무엇보다도 세계에 예민한 소설인 것이다. 그것이 이 소설집이 가진 의젓함이다.

— 김이설(소설가)

한지혜의 소설은 최근 수년간 논쟁적으로 호명되고 대중에게 선호되는 여성 서사의 경향과는 다른 결을 지니고 있다. 고질적인 여성 혐오의 양상과 민낯, 그에 저항하는 힘을 기르고자 하는 여성의 강인함, 여성들의 연대와 갈등과 같은 테마의 그물에, 언뜻 걸리는 것이 없거나 적어 보인다. 주로 엄마로 표상되는 가족의 애환이 도드라지는 이 소설집은, 우리에게 너무 늦게 도착한 것일까?

작가는 도회적인/젊은/세련된/힙한 현재의 트렌드를 따라잡는 기민함을 채택하지 않고, 레트로 감성을 견지하고서 다만 악착같은 삶의 현장으로 독자를 안내한다. 거듭된 실패자로서의 자기인식 끝에 거칠게 마디진 손가락과 못나게 옹이 진 마음들을 포장도 화장도 없이 민짜로 보여 주는 작가의 태도가 어떤 이들에게는 날것의 투박함으로 읽힐 테지만 우리가 이미 겪었던, 혹은 지금 어딘가에 분명 존재하기에 잊어서는 안 되는 가난과 땀과 땟국의 냄새를 밑바닥까지 긁어내어 펼쳐 보이는 것이다. 긴장과 기지로 넘치는 묘수나 풍자를 동원하기보다는 주로 정직한 응시를 통해서 드러내는데 그 와중에 아이러니까지 잊지 않고 챙기는 고수의 한 획을 엿볼 수 있다. 늪에 빠져 허우적거리는 변두리의 좌절과 비극 속에서도 특유의 천연덕스러운 서술과 대사로 순간순간 빛나는 유머를 보고 있으면, 신물 나고 너덜거리

며 서둘러 내다 버리고 싶은 삶이 내 몫이라는 현실조차
도 조금은 끌어안거나 다독이고 싶어질 것이다.

이 소설집은 때늦게 당도한 게 아니라 조금 다른 방
향에서 온 여성의 이야기다. 그 방향은 상상도 못했던
새로운 어딘가가 아니라, 너무 오랫동안 가까이 존재했
기에 간과했던 바로 여기 — 몇 번을 반복해도 지나치
지 않은, 도돌이표가 그려진 후렴구와도 같은 삶이다.

— 구병모(소설가)

물 그림 엄마

1판 1쇄 찍음 2020년 9월 29일
1판 1쇄 펴냄 2020년 10월 13일

지은이 한지혜
발행인 박근섭, 박상준
펴낸곳 (주)민음사

출판등록 1966. 5. 19. (제16-490호)
서울특별시 강남구 도산대로1길 62(신사동) 강남출판문화센터 5층
대표전화 02-515-2000 팩시밀리 02-515-2007
www.minumsa.com
ISBN 978-89-374-1322-3 03810

＊ 이 책은 서울문화재단 2019년 창작집 발간 지원사업의 지원을 받아 발간되었습니다.
＊ 잘못 만들어진 책은 구입처에서 교환해 드립니다.